GRöLS Verlage

„Bücher sind wie Fallschirme. Sie nützen uns nichts, wenn wir sie nicht öffnen."

Gröls Verlag

Redaktionelle Hinweise und Impressum

Das vorliegende Werk wurde zugunsten der Authentizität sehr zurückhaltend bearbeitet. So wurden etwa ursprüngliche Rechtschreibfehler *nicht* systematisch behoben, denn kleine Unvollkommenheiten machen das Buch – wie im Übrigen den Menschen – erst authentisch. Mitunter wurden jedoch zum Beispiel Absätze behutsam neu getrennt, um den Lesefluss zu erleichtern.

Um die Texte zu rekonstruieren, werden antiquarische Bücher von Lesegeräten gescannt und dann durch eine Software lesbar gemacht. Der so entstandene Text wird von Menschen gegengelesen und korrigiert – hierbei treten auch Fehler auf. Wenn Sie ebenfalls antiquarische Texte einreichen möchten, finden Sie weitere Informationen auf www.groels.de

Viel Freude bei der Lektüre wünscht Ihnen das Team des Gröls-Verlags.

Adressen

Verleger: Sophia Gröls, Im Borngrund 26, 61440 Oberursel

Externer Dienstleister für Distribution & Herstellung: BoD, In de Tarpen 42, 22848 Norderstedt

Unsere „Edition | Werke der Weltliteratur“ hat den Anspruch, eine der größten und vollständigsten Sammlungen klassischer Literatur in deutscher Sprache zu sein. Nach und nach versammeln wir hier nicht nur die „üblichen Verdächtigen“ von Goethe bis Schiller, sondern auch Kleinode der vergangenen Jahrhunderte, die – zu Unrecht – drohen, in Vergessenheit zu geraten. Wir kultivieren und kuratieren damit einen der wertvollsten Bereiche der abendländischen Kultur. Kleine Auswahl:

Francis Bacon • Neues Organon • **Balzac** • Glanz und Elend der Kurtisanen • **Joachim H. Campe** • Robinson der Jüngere • **Dante Alighieri** • Die Göttliche Komödie • **Daniel Defoe** • Robinson Crusoe • **Charles Dickens** • Oliver Twist • **Denis Diderot** • Jacques der Fatalist • **Fjodor Dostojewski** • Schuld und Sühne • **Arthur Conan Doyle** • Der Hund von Baskerville • **Marie von Ebner-Eschenbach** • Das Gemeindekind • **Elisabeth von Österreich** • Das Poetische Tagebuch • **Friedrich Engels** • Die Lage der arbeitenden Klasse • **Ludwig Feuerbach** • Das Wesen des Christentums • **Johann G. Fichte** • Reden an die deutsche Nation • **Fitzgerald** • Zärtlich ist die Nacht • **Flaubert** • Madame Bovary • **Gorch Fock** • Seefahrt ist not! • **Theodor Fontane** • Effi Briest • **Robert Musil** • Über die Dummheit • **Edgar Wallace** • Der Frosch mit der Maske • **Jakob Wassermann** • Der Fall Maurizius • **Oscar Wilde** • Das Bildnis des Dorian Grey • **Émile Zola** • Germinal • **Stefan Zweig** • Schachnovelle • **Hugo von Hofmannsthal** • Der Tor und der Tod • **Anton Tschechow** • Ein Heiratsantrag • **Arthur Schnitzler** • Reigen • **Friedrich Schiller** • Kabale und Liebe • **Nicolo Machiavelli** • Der Fürst • **Gotthold E. Lessing** • Nathan der Weise • **Augustinus** • Die Bekenntnisse des heiligen Augustinus • **Marcus Aurelius** • Selbstbetrachtungen • **Charles Baudelaire** • Die Blumen des Bösen • **Harriett Stowe** • Onkel Toms Hütte • **Walter Benjamin** • Deutsche Menschen • **Hugo Bettauer** • Die Stadt ohne Juden • **Lewis Caroll** • *und viele mehr….*

Gerhart Hauptmann

Vor Sonnenaufgang

Soziales Drama

Zuerst erschienen:

1889

Widmung:

„Bjarne P. Holmsen, dem konsequentesten Realisten, Verfasser von ›Papa Hamlet‹, zugeeignet, in freudiger Anerkennung der durch sein Buch empfangenen, entscheidenden Anregung.

Erkner, den 8. Juli 1889. Gerhart Hauptmann.“

Inhalt

Dramatis Personae

Krause, Bauerngutsbesitzer

Frau Krause, seine zweite Frau

Helene, Martha, Krauses Töchter erster Ehe

Hoffmann, Ingenieur, verheiratet mit Martha

Wilhelm Kahl, Neffe der Frau Krause

Frau Spiller, Gesellschafterin bei Frau Krause

Alfred Loth

Dr. Schimmelpfennig

Beibst, Arbeitsmann auf Krauses Gut

Guste, Liese, Marie, Mägde auf Krauses Gut

Baer, genannt Hopslabaer

Eduard, Hoffmanns Diener

Miele, Hausmädchen bei Frau Krause

Die Kutschenfrau

Golisch, genannt Gosch, Kuhjunge

Ein Paketträger

Erster Akt

Das Zimmer ist niedrig; der Fußboden mit guten Teppichen belegt. Moderner Luxus auf bäuerische Dürftigkeit gepfropft. An der Wand hinter dem Eßtisch ein Gemälde, darstellend einen vierspännigen Frachtwagen, von einem Fuhrknecht in blauer Bluse geleitet.

Miele, eine robuste Bauernmagd mit rotem, etwas stumpfsinnigen Gesicht; sie öffnet die Mitteltür und läßt Alfred Loth eintreten. Loth ist mittelgroß, breitschultrig, untersetzt, in seinen Bewegungen bestimmt, doch ein wenig ungelenk; er hat blondes Haar, blaue Augen und ein dünnes, lichtblondes Schnurrbärtchen, sein ganzes Gesicht ist knochig und hat einen gleichmäßig ernsten Ausdruck. Er ist ordentlich, jedoch nichts weniger als modern gekleidet. Sommerpaletot, Umhängetäschchen, Stock.

Miele. Bitte! Ich werde den Herrn Inschinnär glei ruffen. Wolln Sie nich Platz nehmen?!

Die Glastür zum Wintergarten wird heftig aufgestoßen; ein Bauernweib, im Gesicht blaurot vor Wut, stürzt herein. Sie ist nicht viel besser als eine Waschfrau gekleidet. Nackte rote Arme, blauer Kattunrock und Mieder, rotes punktiertes Brusttuch. Alter: Anfang Vierzig – Gesicht hart, sinnlich, bösartig. Die ganze Gestalt sonst gut konserviert.

Frau Krause *schreit*. Ihr Madel!! ... Richtig! ... Doas Loster vu Froovulk! ... Naus! mir gahn nischt! ... *Halb zu Miele, halb zu Loth*. A koan orbeita, a hoot Oarme. Naus! hier gibbt's nischt!

Loth. Aber Frau ... Sie werden doch ... ich ... ich heiße Loth, bin ... wünsche zu ... habe auch nicht die Ab ...

Miele. A wull ock a Herr Inschinnär sprechen.

Frau Krause. Beim Schwiegersuhne batteln: doas kenn mer schunn. – A hoot au nischt, a hoot's au ock vu ins, nischt iis seine!

Die Tür rechts wird aufgemacht. Hoffmann steckt den Kopf heraus.

Hoffmann. Schwiegermama! – Ich muß doch bitten ... *Er tritt heraus, wendet sich an Loth.* Was steht zu ... Alfred! Kerl! Wahrhaftig'n Gott, du!? Das ist aber mal ... nein das is doch mal'n Gedanke!

Hoffmann ist etwa dreiunddreißig Jahre alt, schlank, groß, hager. Er kleidet sich nach der neuesten Mode, ist elegant frisiert, trägt kostbare Ringe, Brillantknöpfe im Vorhemd und Berloques an der Uhrkette. Kopfhaar und Schnurrbart schwarz, der letztere sehr üppig, äußerst sorgfältig gepflegt. Gesicht spitz, vogelartig. Ausdruck verschwommen, Augen schwarz, lebhaft, zuweilen unruhig.

Loth. Ich bin nämlich ganz zufällig ...

Hoffmann, *aufgeregt.* Etwas Lieberes ... nun aber zunächst leg ab! *Er versucht ihm das Umhängetäschchen abzunehmen.* Etwas Lieberes und so Unerwartetes hätte mir jetzt, – *er hat ihm Hut und Stock abgenommen und legt beides auf einen Stuhl neben der Tür* – hätte mir jetzt entschieden nicht passieren können, – *indem er zurückkommt* – ***entschieden*** nicht.

Loth, *sich selbst das Täschchen abnehmend.* Ich bin nämlich – nur so per Zufall auf dich ... *Er legt das Täschchen auf den Tisch im Vordergrund.*

Hoffmann. Setz dich! Du mußt müde sein, setz dich – bitte. Weißt de noch? wenn du mich besuchtest, da hatt'st du so 'ne Manier, dich lang auf das Sofa hinfallen zu lassen, daß die Federn krachten; mitunter sprangen sie nämlich auch. Also du, höre! mach's wie damals.

Frau Krause hat ein sehr erstauntes Gesicht gemacht und sich dann zurückgezogen. Loth läßt sich auf einen der Sessel nieder, die rings um den Tisch im Vordergrunde stehen.

Hoffmann. Trinkst du was? Sag! – Bier? Wein? Kognak? Kaffee? Tee? Es ist alles im Hause.

Helene kommt lesend aus dem Wintergarten; ihre große, ein wenig zu starke Gestalt; die Frisur ihres blonden, ganz ungewöhnlich reichen Haares, ihr Gesichtsausdruck, ihre moderne Kleidung, ihre Bewegungen, ihre ganze Erscheinung überhaupt verleugnen das Bauernmädchen nicht ganz.

Helene. Schwager, du könntest ... *Sie entdeckt Loth und zieht sich schnell zurück.* Ach! ich bitte um Verzeihung. *Ab.*

Hoffmann. Bleib doch, bleib!

Loth. Deine Frau?

Hoffmann. Nein, ihre Schwester. Hörtest du nicht, wie sie mich betitelte?

Loth. Nein.

Hoffmann. Hübsch! Wie? – Nu aber erklär dich: Kaffee? Tee? Grog?

Loth. Danke, danke für alles.

Hoffmann *präsentiert ihm Zigarren.* Aber ***das*** ist was für dich – nicht?! ... Auch nicht?!

Loth. Nein, danke.

Hoffmann. Beneidenswerte Bedürfnislosigkeit! *Er raucht sich selbst eine Zigarre an und spricht dabei.* Die A... Asche, wollte sagen, der ... der Tabak ... ä! Rauch natürlich ... der Rauch belästigt dich doch wohl nicht?

Loth. Nein.

Hoffmann. Wenn ich das nicht noch hätte ... ach Gott ja, das bißchen Leben! – Nu aber tu mir den Gefallen, erzähle was. – Zehn Jahre – bist übrigens kaum sehr verändert – zehn Jahre, 'n ekliger Fetzen Zeit – was macht Schn... Schnurz nannten wir ihn ja wohl? Fips – die ganze heitere Blase von damals? Hast du den einen oder anderen im Auge behalten?

Loth. Sach mal, solltest du das nicht wissen?

Hoffmann. Was?

Loth. Daß er sich erschossen hat.

Hoffmann. Wer – hat sich wieder mal erschossen?

Loth. Fips! Friedrich Hildebrandt.

Hoffmann. I warum nich gar!

Loth. Ja! er hat sich erschossen – im Grunewald, an einer sehr schönen Stelle der Havelseeufer. Ich war dort, man hat den Blick auf Spandau.

Hoffmann. Hm! – Hätt' ihm das nicht zugetraut, war doch sonst keine Heldennatur.

Loth. Deswegen hat er sich eben erschossen. – ***Gewissenhaft*** war er, sehr gewissenhaft.

Hoffmann. Gewissenhaft? Woso?

Loth. Nun, darum eben ... sonst hätte er sich wohl nicht erschossen.

Hoffmann. Versteh' nicht recht.

Loth. Na, die Farbe seiner politischen Anschauungen kennst du doch?

Hoffmann. Ja, grün.

Loth. Du kannst sie gern so nennen. Er war, dies wirst du ihm wohl lassen müssen, ein talentvoller Jung. – Fünf Jahre hat er als Stukkateur arbeiten müssen, andere fünf Jahre dann, sozusagen, auf eigene Faust durchgehungert und dazu kleine Statuetten modelliert.

Hoffmann. Abstoßendes Zeug. Ich will von der Kunst erheitert sein ... Nee! diese Sorte Kunst war durchaus nicht mein Geschmack.

Loth. Meiner war es auch nicht, aber er hatte sich nun doch einmal drauf versteift. Voriges Frühjahr schrieben sie da ein Denkmal aus; irgendein Duodezfürstchen, glaub' ich, sollte verewigt werden. Fips hatte sich beteiligt und gewonnen; kurz darauf schoß er sich tot.

Hoffmann. Wo da die Gewissenhaftigkeit stecken soll, ist mir völlig schleierhaft. – Für so was habe ich nur eine Benennung: Span – auch Wurm – Spleen – so was.

Loth. Das ist ja das allgemeine Urteil.

Hoffmann. Tut mir leid, kann aber nicht umhin, mich ihm anzuschließen.

Loth. Es ist ja für ihn auch ganz gleichgültig, was ...

Hoffmann. Ach überhaupt, lassen wir das. Ich bedauere ihn im Grunde ganz ebensosehr wie du, aber – nun ist er doch einmal tot, der gute Kerl; – erzähle mir lieber was von ***dir***, was du getrieben hast, wie's dir ergangen ist.

Loth. Es ist mir so ergangen, wie ich's erwarten mußte. – Hast du gar nichts von mir gehört? – durch die Zeitungen, mein' ich.

Hoffmann, *ein wenig befangen.* Wüßte nicht.

Loth. Nichts von der Leipziger Geschichte?

Hoffmann. Ach so, ***das***! – Ja! – Ich glaube ... nichts Genaues.

Loth. Also, die Sache war folgende ...

Hoffmann, *seine Hand auf Loths Arm legend.* Ehe du anfängst – willst du denn gar nichts zu dir nehmen?

Loth. Später vielleicht.

Hoffmann. Auch nicht ein Gläschen Kognak?

Loth. Nein. Das am allerwenigsten.

Hoffmann. Nun, dann werde ich ein Gläschen ... Nichts besser für den Magen. *Holt Flasche und zwei Gläschen vom Büfett, setzt alles auf den Tisch vor Loth.* Grand Champagne, feinste Nummer; ich kann ihn empfehlen. – Möchtest du nicht ...?

Loth. Danke.

Hoffmann *kippt das Gläschen in den Mund.* Oah! – na, nu bin ich ganz Ohr.

Loth. Kurz und gut: da bin ich eben sehr stark hineingefallen.

Hoffmann. Mit zwei Jahren, glaub' ich?!

Loth. Ganz recht! Du scheinst es ja doch also zu wissen. Zwei Jahre Gefängnis bekam ich, und nach dem haben sie mich noch von der Universität relegiert. Damals war ich – einundzwanzig. – Nun! in diesen zwei Gefängnisjahren habe ich mein erstes volkswirtschaftliches Buch geschrieben. Daß es gerade ein Vergnügen gewesen, zu brummen, müßte ich allerdings lügen.

Hoffmann. Wie man doch einmal so sein konnte! Merkwürdig! So was hat man sich nun allen Ernstes in den Kopf gesetzt. Bare Kindereien sind es gewesen, kann mir nicht helfen, du! – nach Amerika auswandern, 'n Dutzend Gelbschnäbel wie wir! – ***wir*** und Musterstaat gründen! Köstliche Vorstellung!

Loth. Kindereien?! – tjaa! In gewisser Beziehung sind es auch wirklich Kindereien gewesen; wir unterschätzten die Schwierigkeiten eines solchen Unternehmens.

Hoffmann. Und daß du nun ***wirk-lich hinaus***gingst – nach Amerika – al-len Ernstes mit leeren Händen ... Denk doch mal an, was es heißt, Grund und Boden für einen Musterstaat mit leeren Händen erwerben zu wollen: das ist ja beinah ver... jedenfalls ist es einzig naiv.

Loth. Ach, gerade mit dem Ergebnis meiner Amerikafahrt bin ich ganz zufrieden.

Hoffmann, *laut auflachend*. Kaltwasserkur, vorzügliche Resultate, wenn du es so meinst ...

Loth. Kann sein, ich bin etwas abgekühlt worden; damit ist mir aber gar nichts ***Besonderes*** geschehen. Jeder Mensch macht seinen Abkühlungsprozeß durch. Ich bin jedoch weit davon entfernt, den Wert der ... nun, sagen wir hitzigen Zeit zu verkennen. Sie war auch gar nicht so furchtbar naiv, wie du sie hinstellst.

Hoffmann. Na, ich weiß nicht?!

Loth. Du brauchst nur an die Durchschnittskindereien unserer Tage denken: das Couleurwesen auf den Universitäten, das Saufen, das Pauken. Warum all der Lärm? Wie Fips zu sagen pflegte: um Hekuba! – – Um Hekuba drehte es sich bei uns doch wohl nicht; wir hatten die allerhöchsten menschheitlichen Ziele im Auge. Und abgesehen davon, diese naive Zeit hat bei mir gründlich mit Vorurteilen aufgeräumt. Ich bin mit der Scheinreligion und Scheinmoral und mit noch manchem anderen ...

Hoffmann. Das kann ich dir ja auch ohne weiteres zugeben. Wenn ich jetzt doch immerhin ein vorurteilsloser, aufgeklärter Mensch bin, dann verdanke ich das, wie ich ***gar nicht*** leugne, den Tagen unseres Umgangs. – Natürlicherweise! – Ich bin der letzte, das zu leugnen. – Ich bin überhaupt in ***keiner*** Beziehung Unmensch. Nur muß man nicht mit dem Kopfe durch die Wand rennen wollen. – Man muß nicht die Übel, an denen die gegenwärtige Generation leider Gottes krankt, durch noch größere verdrängen wollen; man muß – alles ruhig seinen natürlichen Gang gehen lassen. Was kommen soll, kommt! Praktisch, praktisch muß man verfahren! Erinnere dich! Ich habe das früher ***gerade*** so betont, und dieser Grundsatz hat sich bezahlt gemacht. – Das ***ist*** es ja eben. Ihr alle – du mit eingerechnet! –, ihr verfahrt höchst ***un***praktisch.

Loth. Erklär mir eben mal, wie du das meinst.

Hoffmann. ***Ein***fach! Ihr nützt eure Fähigkeiten nicht aus. Zum Beispiel du: 'n Kerl wie du, mit Kenntnissen, Energie et cetera, was hätte dir nicht offengestanden! Statt dessen, was machst du? ***Kom-pro-mit-tierst*** dich von vornherein ***der***-art ... na, Hand aufs Herz! hast du das nicht manchmal bereut?

Loth. Ich konnte nicht gut bereuen, weil ich ohne Schuld verurteilt worden bin.

Hoffmann. Kann ich ja nicht beurteilen, weißt du.

Loth. Du wirst das gleich können, wenn ich dir sage: die Anklageschrift führte aus, ich hätte unseren Verein Vancouver-Island nur zum Zwecke parteilicher Agitation ins Leben gerufen; dann sollte ich auch Geld zu Parteizwecken gesammelt haben. Du weißt ja nun, daß es uns mit unseren kolonialen Bestrebungen ernst war, und was das Geldsammeln anlangt, so hast du ja selbst gesagt, daß wir alle miteinander leere Hände hatten. Die Anklage enthält also kein wahres Wort, und als Mitglied solltest du das doch ...

Hoffmann. Na – Mitglied war ich doch wohl eigentlich nicht so recht. – Übrigens glaube ich dir selbstredend. – Die Richter sind halt immer nur Menschen, muß man nehmen. – Jedenfalls hättest du, um praktisch zu handeln, auch den ***Schein*** meiden müssen. Überhaupt: ich habe mich in der Folge manchmal baß gewundert über dich: Redakteur der Arbeiterkanzel, des obskursten aller Käseblättchen – Reichstagskandidat des süßen Pöbels! Und was hast du nu davon? – versteh mich nicht falsch! Ich bin der letzte, der es an Mitleid mit dem armen Volke fehlen läßt, aber ***wenn*** etwas geschieht, dann mag es von oben her ***ab*** geschehen! Es muß sogar von oben herab geschehen, das Volk weiß nun mal nicht, was ihm not tut – das Von-unten- ***herauf***, siehst du, ***das*** eben nenne ich das Mit-dem-Kopf-durch-die-Wand-Rennen.

Loth. Ich bin aus dem, was du eben gesagt hast, nicht klug geworden.

Hoffmann. Na, ich meine eben: sieh ***mich*** an! Ich habe die Hände frei: ich könnte nu schon anfangen, was für die Ideale zu tun. – Ich kann wohl sagen, mein ***praktisches*** Programm ist nahezu durchgeführt. Aber ihr ... immer mit leeren Händen, was wollt denn ***ihr machen***?

Loth. Ja, wie man so hört: du segelst stark auf Bleichröder zu.

Hoffmann, *geschmeichelt*. Zu viel Ehre – vorläufig noch. Wer sagt das? – Man arbeitet eben seinen soliden Stiefel fort: das belohnt sich naturgemäß – wer sagt das übrigens?

Loth. Ich hörte drüben in Jauer zwei Herren am Nebentisch davon reden.

Hoffmann. Ä! du! – Ich habe Feinde! – Was sagten die denn übrigens?

Loth. Nichts Besonderes. Durch sie erfuhr ich, daß du dich zur Zeit eben hier auf das Gut deiner Schwiegereltern zurückgezogen hast.

Hoffmann. ***Was*** die Menschen nicht alles ausschnüffeln! Lieber Freund! Du glaubst nicht, wie ein Mann in meiner Stellung auf Schritt und Tritt beobachtet wird. Das ist auch so'n Übelstand des Reich ... – Die Sache ist nämlich ***die***: ich erwarte der größeren Ruhe und gesünderen Luft wegen die Niederkunft meiner Frau hier.

Loth. Wie paßt denn das aber mit dem Arzt? Ein guter Arzt ist doch in solchen Fällen von allergrößter Wichtigkeit. Und hier auf dem Dorfe ...

Hoffmann. Das ***ist*** es eben, der Arzt hier ist ganz besonders tüchtig; und, weißt du, so viel habe ich bereits weg: Gewissenhaftigkeit geht beim Arzt über Genie.

Loth. Vielleicht ist sie eine Begleiterscheinung des Genies im Arzt.

Hoffmann. Meintwegen, jedenfalls ***hat*** unser Arzt Gewissen. Er ist nämlich auch so'n Stück Ideologe, halb und halb unser Schlag – reüssiert schauderhaft unter Bergleuten und auch unter dem Bauernvolk. Man vergöttert ihn geradezu. Zuzeiten übrigens 'n recht unverdaulicher Patron, 'n Mischmasch von Härte und Sentimentalität. Aber, wie gesagt, Gewissenhaftigkeit weiß ich zu schätzen! – Unbedingt! – Eh ich's vergesse ... es ist mir nämlich darum zu tun ... man muß immer wissen, wessen man sich zu versehen hat ... Höre! ... sage mir doch ... ich seh' dir's an, die Herren am Nebentische haben nichts Gutes über mich gesprochen. – Sag mir doch, bitte, was sie gesprochen haben.

Loth. Das sollte ich wohl nicht tun, denn ich will dich nachher um zweihundert Mark bitten, geradezu ***bitten***, denn ich werde sie dir wohl kaum je wiedergeben können.

Hoffmann *zieht ein Scheckbuch aus der Brusttasche, füllt Scheck aus, übergibt ihn Loth*. Bei irgendeiner Reichsbankfiliale ... Es ist mir'n Vergnügen ...

Loth. Deine Fixigkeit übertrifft alle meine Erwartungen. – Na! – ich nehm' es dankbar an, und du weißt ja: übel angewandt ist es auch nicht.

Hoffmann, *mit Anflug von Pathos*. Ein Arbeiter ist seines Lohnes wert! – Doch jetzt, Loth, sei so gut, sag mir, was die Herren am Nebentische ...

Loth. Sie haben wohl Unsinn gesprochen.

Hoffmann. Sag mir's trotzdem, bitte! – Es ist mir lediglich interessant, ***ledig-lich*** interessant –

Loth. Es war davon die Rede, daß du hier einen anderen aus der Position verdrängt hättest – einen Bauunternehmer Müller.

Hoffmann. Na-tür-lich! ***diese*** Geschichte!

Loth. Ich glaube, der Mann sollte mit deiner jetzigen Frau verlobt gewesen sein.

Hoffmann. War er auch. – Und was weiter?

Loth. Ich erzähle dir alles, wie ich es hörte, weil ich annehme: es kommt dir darauf an, die Verleumdung möglichst getreu kennenzulernen.

Hoffmann. Ganz recht! Also?

Loth. Soviel ich heraushörte, soll dieser Müller den Bau einer Strecke der hiesigen Gebirgsbahn übernommen haben.

Hoffmann. Ja! Mit lumpigen zehntausend Talern Vermögen. Als er einsah, daß dieses Geld nicht zureichte, wollte er schnell eine Witzdorfer Bauerntochter fischen; meine jetzige Frau sollte ***diejenige*** sein, ***welche***.

Loth. Er hätte es, sagten sie, mit der Tochter, du mit dem Alten gemacht. – Dann hat er sich ja wohl erschossen?! – Auch seine Strecke hättest du zu Ende gebaut und noch sehr viel Geld dabei verdient.

Hoffmann. Darin ist einiges Wahre enthalten, doch – ich könnte dir eine Verknüpfung der Tatsachen geben ... Wußten sie am Ende noch mehr dergleichen erbaulichen Dinge?

Loth. Ganz besonders – muß ich dir sagen – regten sie sich über ***etwas*** auf: sie rechneten sich vor, welch ein enormes Geschäft in Kohlen du jetzt machtest, und nannten dich einen ... na, schmeichelhaft war es eben nicht für dich. Kurz gesagt, sie erzählten, du hättest die hiesigen dummen Bauern beim Champagner überredet, einen Vertrag zu unterzeichnen, in welchem dir der alleinige Verschleiß aller in ihren Gruben geförderter Kohle übertragen worden ist gegen eine Pachtsumme, die fabelhaft gering sein sollte.

Hoffmann, *sichtlich peinlich berührt, steht auf.* Ich will dir was sagen, Loth ... Ach, warum auch noch darin rühren? Ich schlage vor, wir denken ans Abendbrot, mein Hunger ist mörderisch. – Mörderischen Hunger habe ich. *Er drückt auf den Knopf einer elektrischen Leitung, deren Draht in Form einer grünen Schnur auf das Sofa herunterhängt; man hört das Läuten einer elektrischen Klingel.*

Loth. Nun, wenn du mich hierbehalten willst – dann sei so gut ... ich möchte mich eben 'n bißchen säubern.

Hoffmann. Gleich sollst du alles Nötige ... *Eduard tritt ein, Diener in Livree*. Eduard! führen Sie den Herrn ins Gastzimmer.

Eduard. Sehr wohl, gnädiger Herr.

Hoffmann, *Loth die Hand drückend*. In spätestens fünfzehn Minuten möchte ich dich bitten zum Essen herunterzukommen.

Loth. Übrig Zeit. Also Wiedersehen!

Hoffmann. Wiedersehen!

Eduard öffnet die Tür und läßt Loth vorangehen. Beide ab. Hoffmann kratzt sich den Hinterkopf, blickt nachdenklich auf den Fußboden, geht dann auf die Tür rechts zu, deren Klinke er bereits gefaßt hat, als Helene, welche hastig durch die Glastür eingetreten ist, ihn anruft.

Helene. Schwager! Wer war das?

Hoffmann. Das war einer von meinen Gymnasialfreunden, der älteste sogar, Alfred Loth.

Helene, *schnell*. Ist er schon wieder fort?

Hoffmann. Nein! Er wird mit uns zu Abend essen. – Womöglich ... ja, womöglich auch hier übernachten.

Helene. O Jeses! Da komme ich nicht zum Abendessen.

Hoffmann. Aber Helene!

Helene. Was brauche ich auch unter gebildete Menschen zu kommen! Ich will nur ruhig weiter verbauern.

Hoffmann. Ach, immer diese Schrullen! Du wirst mir sogar den großen Dienst erweisen und die Anordnungen für den Abendtisch treffen. Sei so gut! – Wir machen's 'n bißchen feierlich. Ich vermute nämlich, er führt irgendwas im Schilde.

Helene. Was meinst du, im Schilde führen?

Hoffmann. Maulwurfsarbeit – wühlen, wühlen. – Davon verstehst du nun freilich nichts. – Kann mich übrigens täuschen, denn ich habe bis jetzt vermieden, auf diesen Gegenstand zu kommen. Jedenfalls mach alles recht einladend, auf diese Weise ist den Leuten noch am leichtesten ... Champagner natürlich! Die Hummern von Hamburg sind angekommen?

Helene. Ich glaube, sie sind heut früh angekommen.

Hoffmann. Also Hummern! *Es klopft sehr stark*. Herein!

Postpaketträger, *eine Kiste unterm Arm; eintretend, spricht er in singendem Ton*. Eine ***Kis-te***.

Helene. Von wo?

Paketträger. Ber- ***lin***.

Hoffmann. Richtig! Es werden die Kindersachen von Hertzog sein. *Er besieht das Paket und nimmt den Abschnitt.* Ja, ja, es sind die Sachen von Hertzog.

Helene. ***Die***-se Kiste voll? Du übertreibst.

Hoffmann lohnt den Paketträger ab.

Paketträger, *ebenso halb singend.* Schön'n gu'n A-bend. *Ab.*

Hoffmann. Wieso übertreiben?

Helene. Nun, hiermit kann man doch wenigstens drei Kinder ausstatten.

Hoffmann. Bist du mit meiner Frau spazierengegangen?

Helene. Was soll ich machen, wenn sie immer gleich müde wird?

Hoffmann. Ach was, immer gleich müde. – Sie macht mich unglücklich! Ein und eine halbe Stunde ... sie soll doch um Gottes willen tun, was der Arzt sagt. Zu was hat man denn den Arzt, wenn ...

Helene. Dann greife du ein, schaff die Spillern fort! Was soll ich gegen so'n altes Weib machen, die ihr immer nach dem Munde geht!

Hoffmann. Was denn? ... ich als Mann ... was soll ich als Mann? ... und außerdem, du kennst doch die Schwiegermama.

Helene, *bitter.* Allerdings.

Hoffmann. Wo ist sie denn jetzt?

Helene. Die Spillern stutzt sie heraus, seit Herr Loth hier ist; sie wird wahrscheinlich zum Abendbrot wieder ihr Rad schlagen.

Hoffmann, *schon wieder in eigenen Gedanken, macht einen Gang durchs Zimmer; heftig.* Es ist das letzte Mal, auf Ehre! daß ich so etwas hier in diesem Hause abwarte. Auf Ehre!

Helene. Ja, du hast es eben gut, du kannst gehen, wohin du willst.

Hoffmann. Bei mir zu Hause wäre der unglückliche Rückfall in dies schauderhafte Laster auch ***sicher nicht*** vorgekommen.

Helene. ***Mich*** mache dafür nicht verantwortlich! Von ***mir*** hat sie den Branntwein nicht bekommen. Schaff du nur die Spillern fort. Ich sollte bloß'n Mann sein!

Hoffmann, *seufzend.* Ach, wenn es nur erst wieder vorüber wär'! – *In der Tür rechts.* Also Schwägerin, du tust mir den Gefallen: einen recht appetitlichen Abendtisch! Ich erledige schnell noch eine Kleinigkeit.

Helene *drückt auf den Klingelknopf. Miele kommt.* Miele, decken Sie den Tisch! Eduard soll Sekt kalt stellen und vier Dutzend Austern öffnen.

Miele, *unterdrückt, batzig.* Sie kinn'n 's 'm salber sagen, a nimmt nischt oa vu mir, a meent immer: a wär' ock beim Inschinnär gemit't.

Helene. Dann schick ihn wenigstens rein. *Miele ab. Helene tritt vor den Spiegel, ordnet dies und das an ihrer Toilette; währenddes tritt Eduard ein. Helene, immer noch vor dem Spiegel.* Eduard, stellen Sie Sekt kalt und öffnen Sie Austern! Herr Hoffmann hat es befohlen.

Eduard. Sehr wohl, Fräulein. *Eduard ab. Gleich darauf klopft es an die Mitteltür.*

Helene *fährt zusammen.* Großer Gott! – *Zaghaft.* Herein! – *Lauter und fester.* Herein!

Loth *tritt ein ohne Verbeugung.* Ach, um Verzeihung! – ich wollte nicht stören – mein Name ist Loth.

Helene verbeugt sich tanzstundenmäßig.

Stimme Hoffmanns, *durch die geschlossene Zimmertür.* Kinder! keine Umstände! – Ich komme gleich heraus. Loth! es ist meine Schwägerin Helene Krause! Und Schwägerin! es ist mein Freund Alfred Loth! Betrachtet euch als vorgestellt.

Helene. Nein, über dich aber auch!

Loth. Ich nehme es ihm nicht übel, Fräulein! Bin selbst, wie man mir sehr oft gesagt hat, in Sachen des guten Tons ein halber Barbar. – Aber wenn ich Sie gestört habe, so ...

Helene. Bitte – Sie haben mich gar nicht gestört – durchaus nicht. *Befangenheitspause, hierauf.* Es ist ... es ist schön von Ihnen, daß – Sie meinen Schwager aufgesucht haben. Er beklagt sich immer, von ... er bedauert immer, von seinen Jugendfreunden so ganz vergessen zu sein.

Loth. Ja, es hat sich zufällig so getroffen. – Ich war immer in Berlin und daherum – wußte eigentlich nicht, wo Hoffmann steckte. Seit meiner Breslauer Studienzeit war ich nicht mehr in Schlesien.

Helene. Also nur so zufällig sind Sie auf ihn gestoßen?

Loth. Nur ganz zufällig – und zwar gerade an dem Ort, wo ich meine Studien zu machen habe.

Helene. Ach, Spaß! – Witzdorf und Studien machen, nicht möglich! in diesem armseligen Neste?!

Loth. Armselig nennen Sie es? – Aber es liegt doch hier ein ganz außergewöhnlicher Reichtum.

Helene. Ja doch! in der Hinsicht ...

Loth. Ich habe nur immer gestaunt. Ich kann Sie versichern, solche Bauernhöfe gibt es nirgendwo anders; da guckt ja der Überfluß wirklich aus Türen und Fenstern.

Helene. Da haben Sie recht. In mehr als einem Stalle hier fressen Kühe und Pferde aus marmornen Krippen und neusilbernen Raufen! Das hat die Kohle gemacht, die unter unseren Feldern gemutet worden ist, die hat die armen Bauern im Handumdrehen steinreich gemacht. *Sie weist auf das Bild an der Hinterwand.* Sehen Sie da – mein Großvater war Frachtfuhrmann; das Gütchen gehörte ihm, aber der geringe Boden ernährte ihn nicht, da mußte er Fuhren machen. – Das dort ist er selbst in der blauen Bluse – man trug damals noch solche blaue Blusen. – Auch mein Vater als junger Mensch ist darin gegangen. – Nein! – so meinte ich es nicht – mit dem „armselig"; nur ist es so öde hier. So ... gar nichts für den Geist gibt es. Zum Sterben langweilig ist es.

Miele und Eduard, ab - und zugehend, decken den Tisch rechts im Hintergrunde.

Loth. Gibt es denn nicht zuweilen Bälle oder Kränzchen?

Helene. Nicht mal das gibt es. Die Bauern ***spielen, jagen, trinken*** ... was sieht man den ganzen Tag? *Sie ist vor das Fenster getreten und weist mit der Hand hinaus.* Hauptsächlich solche Gestalten.

Loth. Hm! Bergleute.

Helene. ***Welche*** gehen zur Grube, ***welche*** kommen von der Grube: das hört nicht auf. – Wenigstens ich sehe ***immer*** Bergleute. Denken Sie, daß ich alleine auf die Straße mag? Höchstens auf die Felder, durch das Hintertor. Es ist ein ***zu*** rohes Pack! – Und wie sie einen immer anglotzen, so schrecklich finster – als ob man geradezu was verbrochen hätte. – – Im Winter, wenn wir so manchmal Schlitten gefahren sind, und sie kommen dann in der Dunkelei in großen Trupps über die Berge, im Schneegestöber, und sie sollen ausweichen, da gehen sie vor den Pferden her und weichen nicht aus. Da nehmen die Bauern manchmal den Peitschenstiel, anders kommen sie nicht durch. Ach, und dann schimpfen sie hinterher. Hu! ich habe mich manchmal so entsetzlich geängstigt.

Loth. Und nun denken Sie an: gerade um dieser Menschen willen, vor denen Sie sich so sehr fürchten, bin ich hierhergekommen.

Helene. Nein aber ...

Loth. Ganz im Ernst, sie interessieren mich hier mehr als alles andere.

Helene. Niemand ausgenommen?

Loth. Nein.

Helene. Auch mein Schwager nicht ausgenommen?

Loth. Nein! – Das Interesse für diese Menschen ist ein ganz anderes – höheres ... verzeihen Sie, Fräulein! Sie können das am Ende doch wohl nicht verstehen.

Helene. Wieso nicht? Ich verstehe Sie sehr gut, Sie ... *Sie läßt einen Brief aus der Tasche gleiten, Loth bückt sich darnach.* Ach, lassen Sie ... es ist nicht wichtig, nur eine gleichgültige Pensionskorrespondenz.

Loth. Sie sind in Pension gewesen?

Helene. Ja, in Herrnhut. Sie müssen nicht denken, daß ich ... nein, nein, ich verstehe Sie schon.

Loth. Ich meine, die Arbeiter interessieren mich um ihrer selbst willen.

Helene. Ja, freilich – es ist ja sehr interessant ... so ein Bergmann ... wenn man's so nehmen will ... Es gibt ja Gegenden, wo man gar keine findet, aber wenn man sie so täglich ...

Loth. Auch wenn man sie täglich sieht, Fräulein ... Man muß sie sogar täglich sehen, um das Interessante an ihnen herauszufinden.

Helene. Nun, wenn es ***so schwer*** herauszufinden ... was ist es denn dann? das Interessante, mein' ich.

Loth. Es ist zum Beispiel interessant, daß diese Menschen, wie Sie sagen, immer so gehässig oder finster blicken.

Helene. Wieso meinen Sie, daß das besonders interessant ist?

Loth. Weil es nicht das gewöhnliche ist. Wir anderen pflegen doch nur zeitweilig und keineswegs immer so zu blicken.

Helene. Ja, weshalb ***blicken*** sie denn nur immer so ... so gehässig, so mürrisch? Es muß doch einen Grund haben.

Loth. Ganz recht! und ***den*** möchte ich gern herausfinden.

Helene. Ach ***Sie*** sind! Sie lügen mir was vor. Was hätten Sie denn davon, wenn Sie das auch wüßten?

Loth. Man könnte vielleicht Mittel finden, den Grund, warum diese Leute immer so freudlos und gehässig sein müssen, wegzuräumen; – man könnte sie vielleicht glücklicher machen.

Helene, *ein wenig verwirrt.* Ich muß Ihnen ehrlich sagen, daß ... aber gerade jetzt verstehe ich Sie doch vielleicht ein ganz klein wenig. – Es ist mir nur ... nur so ganz ***neu, so – ganz***> – neu!

Hoffmann, *durch die Tür rechts eintretend.* Er hat eine Anzahl Briefe in der Hand. So! da bin ich wieder. – Eduard! daß die Briefe noch vor acht auf der Post sind. *Er händigt dem Diener die Briefe ein; der Diener ab.* – So, Kinder! jetzt können wir speisen. – Unerlaubte Hitze hier! September und solche Hitze! *Er hebt den Champagner aus dem Eiskübel.* Veuve Cliquot: Eduard kennt meine stille Liebe. *Zu Loth gewendet.* Habt ja furchtbar eifrig disputiert. *Tritt an den fertig gedeckten, mit Delikatessen überladenen Abendtisch, reibt sich die Hände.* Na! das sieht ja recht gut aus! *Mit einem verschmitzten Blick zu Loth hinüber.* Meinst du nicht auch? – Übrigens, Schwägerin! wir bekommen Besuch: Kahl Wilhelm. Er war auf dem Hof.

Helene *macht eine ungezogene Gebärde.*

Hoffmann. Aber Beste! Du tust fast, als ob ich ihn ... was kann denn ich dafür? Hab' ich ihn etwa ***gerufen***? *Man hört schwere Schritte draußen im Hausflur.* Ach! das Unheil schreitet schnelle.

Kahl tritt ein, ohne vorher angeklopft zu haben. Er ist ein vierundzwanzigjähriger plumper Bauernbursch, dem man es ansieht, daß er soweit möglich gern den feinen, noch mehr aber den reichen Mann herausstecken möchte. Seine Gesichtszüge sind grob, der Gesichtsausdruck vorwiegend dumm-pfiffig. Er ist bekleidet mit einem grünen Jackett, bunter Samtweste, dunklen Beinkleidern und Glanzlack-Schaftstiefeln. Als Kopfbedeckung dient ihm ein grüner Jägerhut mit Spielhahnfeder. Das Jackett hat Hirschhornknöpfe, an der Uhrkette Hirschzähne usw. Stottert.

Kahl. Gun'n Abend minander! *Er erblickt Loth, wird sehr verlegen und macht stillstehend eine ziemlich klägliche Figur.*

Hoffmann *tritt zu ihm und reicht ihm die Hand, aufmunternd.* Guten Abend, Herr Kahl!

Helene, *unfreundlich.* Guten Abend.

Kahl *geht mit schweren Schritten quer durch das ganze Zimmer auf Helene zu und gibt ihr die Hand.* 'n Abend ooch, Lene.

Hoffmann, *zu Loth.* Ich stelle dir hiermit Herrn Kahl vor, unseren Nachbarssohn.

Kahl *grinst und dreht den Hut. Verlegenheitsstille.*

Hoffmann. Zu Tisch, Kinder! Fehlt noch jemand? Ach, die Schwiegermama. Miele! bitten Sie Frau Krause zu Tisch.

Miele ab durch die Mitteltür.

Miele, *draußen im Hausflur schreiend.* Frau!! – Frau!! Assa kumma! Se silln assa kumma!

Helene und Hoffmann blicken einander an und lachen verständnisinnig, dann blicken sie vereint auf Loth.

Hoffmann, *zu Loth*. Ländlich, sittlich!

Frau Krause erscheint, furchtbar aufgedonnert. Seide und kostbarer Schmuck. Haltung und Kleidung verraten Hoffart, Dummstolz, unsinnige Eitelkeit.

Hoffmann. Ah! da ist Mama! – Du gestattest, daß ich dir meinen Freund Dr. Loth vorstelle.

Frau Krause *macht einen undefinierbaren Knicks.* Ich bin so frei! *Nach einer kleinen Pause.* Nein aber auch, Herr Doktor, nahmen Sie mir's ock beileibe nicht iebel! Ich muß mich zurerscht muß ich mich vor Ihn'n vertefentieren, – *sie spricht je länger, um so schneller* – vertefentieren wegen meiner vorhinigten Benehmigung. Wissen Se, verstiehn Se, es komm ein der Drehe bei uns eine so ane grußmächtige Menge Streemer ... Se kinn's ni gleeba, ma hoot mit dan Battelvulke seine liebe Not. Asu enner, dar maust akrat wie a Ilster. Uf da Pfennig kimmt's ins nee ernt oa, nee ock nee, ma braucht a ni dreimol rimzudrehn, au kenn Toaler nich, eeb ma'n ausgibbt. De Krausa-Ludwig'n, ***die*** iis geizig, schlimmer wie a Homster egelganz, die ginnt kem Luder nischt. Ihrer is gesturba aus Arjer, weil a lumpigte zweetausend ei Brassel verloern hoot. Nee, nee! asu sein mir dorchaus nicht. Sahn Se, doas Buffett kust't mich zweehundert Toaler, a Transpurt ni gerechent; na, d'r Beron Klinkow koan's au nee andersch honn.

Frau Spiller ist kurz nach Frau Krause ebenfalls eingetreten. Sie ist klein, schief und mit den zurückgelegten Sachen der Frau Krause herausgestutzt. Während Frau Krause spricht, hält sie mit einer Art Andacht die Augen zu ihr aufgeschlagen. Sie ist etwa fünfundfünfzig Jahre alt; ihr Ausatmen geschieht jedesmal mit einem leisen Stöhnen, welches auch, wenn sie redet, regelmäßig wie „m" hörbar wird.

Frau Spiller, *mit unterwürfigem, wehmütig gezierten Mollton, sehr leise.* Der Baron Klinkow haben genau dasselbe Buffet – m – .

Helene, *zu Frau Krause.* Mama! wollen wir uns nicht erst setzen, dann ...

Frau Krause *wendet sich blitzschnell und trifft Helene mit einem vernichtenden Blick; kurz und herrisch.* **Schickt sich doas**? *Frau Krause, im Begriff, sich zu setzen, erinnert sich, daß das Tischgebet noch nicht gesprochen ist, und faltet mechanisch, doch ohne ihrer Bosheit im übrigen Herr zu sein, die Hände.*

Frau Spiller *spricht das Tischgebet.*

Komm, Herr Jesu, sei unser Gast.
Segne, was du uns bescheret hast.
Amen.

Alle setzen sich mit Geräusch. Mit dem Zulangen und Zureichen, welches einige Zeit in Anspruch nimmt, kommt man über die peinliche Situation hinweg.

Hoffmann, *zu Loth*. Lieber Freund, du bedienst dich wohl?! Austern?

Loth. Nun, will probieren. Es sind die ersten Austern, die ich esse.

Frau Krause *hat soeben eine Auster geschlürft. Mit vollem Munde.* In dar Saisong, mein'n Se woll?

Loth. Ich meine, ***überhaupt***.

Frau Krause und Frau Spiller wechseln Blicke.

Hoffmann, *zu Kahl, der eine Zitrone mit den Zähnen auspreßt*. Zwei Tage nicht gesehen, Herr Kahl! Tüchtig Mäuse gejagt in der Zeit?

Kahl. N...n...nee!

Hoffmann, *zu Loth*. Herr Kahl ist nämlich ein leidenschaftlicher Jäger.

Kahl. D...d...die M...mm...maus, das ist'n in...in...infamtes Am...am...amf...ff...fibium.

Helene *platzt heraus*. Zu lächerlich ist das; alles schießt er tot, Zahmes und Wildes.

Kahl. N...nächten hab' ich d...d...die alte Szss...sau vu ins t...tot g...g...geschossen.

Loth. Da ist wohl Schießen Ihre Hauptbeschäftigung?

Frau Krause. Herr Kahl tut's ock bloßig zum Prifatvergniegen.

Frau Spiller. „Wald, Wild, Weib", pflegten Seine Exellenz der Herr Minister von Schadendorf oftmals zu sagen.

Kahl. I...i...iberm...m...murne hab'n mer T...t...tau...t...taubenschießen.

Loth. Was ist denn das: Taubenschießen?

Helene. Ach, ich kann so was nicht leiden; es ist doch nichts als eine recht unbarmherzige Spielerei. Ungezogene Jungens, die mit Steinen nach Fensterscheiben zielen, tun etwas Besseres.

Hoffmann. Du gehst zu weit, Helene.

Helene. Ich weiß nicht – meinem Gefühl nach hat es weit mehr Sinn, Fenster einzuschmeißen, als Tauben an einem Pfahl festzubinden und dann mit Kugeln nach ihnen zu schießen.

Hoffmann. Na, Helene – man muß doch aber bedenken ...

Loth, *irgend etwas mit Messer und Gabel zerschneidend.* Es ist ein schandbarer Unfug.

Kahl. Um die p...poar Tauba ...!

Frau Spiller, *zu Loth.* Der Herr Kahl -m-, müssen Sie wissen, haben zweihundert Stück im Schlage.

Loth. Die ganze Jagd ist ein Unfug.

Hoffmann. Aber ein unausrottbarer. Da werden zum Beispiel eben jetzt wieder fünfhundert lebende Füchse gesucht; alle Förster hierherum und auch sonst in Deutschland verlegen sich aufs Fuchsgraben.

Loth. Was macht man denn mit den vielen Füchsen?

Hoffmann. Sie kommen nach England, wo sie die Ehre haben, von Lords und Ladys gleich vom Käfig weg zu Tode gehetzt zu werden.

Loth. Muhammedaner oder Christ, Bestie bleibt Bestie.

Hoffmann. Darf ich dir Hummer reichen, Mama?

Frau Krause. Meinswejen, ei dieser Saisong sind se sehr gutt!

Frau Spiller. Gnädige Frau haben eine so feine Zunge -m-!

Frau Krause, *zu Loth.* Hummer han Sie woll auch noch nich gegassen, Herr Dukter?

Loth. Ja, Hummer habe ich schon hin und wieder gegessen – an der See oben, in Warnemünde, wo ich geboren bin.

Frau Krause, *zu Kahl.* Gell, Wilhelm, ma weeß wirklich'n Gott manchmal nich meh, was ma assen sull?

Kahl. J...j...ja, w...w...weeß ... weeß G...Gott, Muhme.

Eduard *will Loth Champagner eingießen.* Champagner.

Loth *hält sein Glas zu.* Nein! ... danke!

Hoffmann. – Mach keinen Unsinn.

Helene. Wie, Sie trinken nicht?

Loth. Nein, Fräulein.

Hoffmann. Na, ***hör*** mal an: ***das*** ist aber doch ... das ist langweilig.

Loth. Wenn ich tränke, würde ich noch langweiliger werden.

Helene. Das ist interessant, Herr Doktor.

Loth, *ohne Takt.* Daß ich langweiliger werde, wenn ich Wein trinke?

Helene, *etwas betreten.* Nein, ach nein, daß ... daß Sie nicht trinken ... daß Sie überhaupt nicht trinken, meine ich.

Loth. Warum soll das interessant sein?

Helene, *sehr rot werdend.* Es ist ... ist nicht das gewöhnliche. *Wird noch röter und sehr verlegen.*

Loth, *tolpatschig.* Da haben Sie recht, leider.

Frau Krause, *zu Loth.* De Flasche kust uns fufza Mark, Sie kinn a dreiste trink'n. Direkt vu Reims iis a, mir satz'n Ihn gewiß nischt Schlechtes vier, mir mieja salber nischt Schlechtes.

Frau Spiller. Ach, glauben Sie mich -m-, Herr Doktor, wenn Seine Exellenz der Herr Minister von Schadendorf -m- so eine Tafel geführt hätten ...

Kahl. Ohne menn Wein kennt' ich nich laben.

Helene, *zu Loth.* Sagen Sie uns doch, warum Sie nicht trinken!

Loth. Das kann gerne geschehen, ich ...

Hoffmann. Ä, was! alter Freund! *Er nimmt dem Diener die Flasche ab, um nun seinerseits Loth zu bedrängen.* Denk dran, wie manche hochfidele Stunde wir früher miteinander ...

Loth. Nein, bitte bemühe dich nicht, es ...

Hoffmann. Trink ***heut*** mal!

Loth. Es ist alles vergebens.

Hoffmann. ***Mir*** zuliebe!

Hoffmann will eingießen, Loth wehrt ab; es entsteht ein kleines Handgemenge.

Loth. Nein! ... nein, wie gesagt ... nein! ... nein, danke.

Hoffmann. Aber ***nimm*** mir's nicht übel ... das ist eine Marotte.

Kahl, *zu Frau Spiller.* Wer nich will, dar hat schunn. *Frau Spiller nickt ergeben.*

Hoffmann. Übrigens, des Menschen Wille ... und so weiter. Soviel sage ich nur: ohne ein Glas Wein bei Tisch ...

Loth. Ein Glas Bier zum Frühstück ...

Hoffmann. Nun ja, warum nicht? Ein Glas Bier ist was sehr Gesundes.

Loth. Ein Kognak hie und da ...

Hoffmann. Na, wenn man das nicht mal haben sollte ... zum Asketen machst du mich nun und nimmer. Das heißt ja dem Leben allen Reiz nehmen.

Loth. Das kann ich nicht sagen. Ich bin mit den ***normalen*** Reizen, die mein Nervensystem treffen, durchaus zufrieden.

Hoffmann. Eine Gesellschaft, die trockenen Gaumens beisammenhockt, ist und bleibt eine verzweifelt öde und langweilige – für die ich mich im allgemeinen bedanke.

Frau Krause. Bei a Adlijen wird doch auch aso viel getrunk'n.

Frau Spiller, *durch eine Verbeugung des Oberkörpers ergebenst bestätigend.* Es ist Schentelmen leicht, viel Wein zu trinken.

Loth, *zu Hoffmann*. Mir geht es umgekehrt; mich ***langweilt*** im allgemeinen eine Tafel, an der ***viel*** getrunken wird.

Hoffmann. Es muß natürlich mäßig geschehen.

Loth. Was nennst du mäßig?

Hoffmann. Nun ... daß man noch immer bei Besinnung bleibt.

Loth. Aaah! ... also du gibst zu: die Besinnung ist im allgemeinen durch den Alkoholgenuß sehr gefährdet. – Siehst du! deshalb sind mir Kneiptafeln – langweilig.

Hoffmann. Fürchtest du denn, so leicht deine Besinnung zu verlieren?

Kahl. Iiii...i...ich habe n...n...neulich ene Flasche Rrr...r...rü...rüd...desheimer, ene Flasche Sssssekt get...t...trunken. Obendrauf d...d...d...dann n...noch eine Flasche B...b...bordeaux, aber besuffen woar ich no n...nich.

Loth, *zu Hoffmann*. Ach nein, du weißt ja wohl, daß ich es war, der euch nach Hause brachte, wenn ihr euch übernommen hattet. Ich hab' immer noch die alte Bärennatur: nein, ***deshalb*** bin ich nicht so ängstlich.

Hoffmann. Weshalb denn sonst?

Helene. Ja, warum trinken Sie denn eigentlich nicht? Bitte, sagen Sie es doch.

Loth, *zu Hoffmann*. Damit du doch beruhigt bist: ich trinke heut schon deshalb nicht, weil ich mich ehrenwörtlich verpflichtet habe, geistige Getränke zu meiden.

Hoffmann. Mit anderen Worten, du bist glücklich bis zum Mäßigkeitsvereinshelden herabgesunken.

Loth. Ich bin völliger Abstinent.

Hoffmann. Und auf wie lange, wenn man fragen darf, machst du diese ...

Loth. Auf Lebenszeit.

Hoffmann *wirft Gabel und Messer weg und fährt halb vom Stuhle auf.* Pf! gerechter Strohsack! *Er setzt sich wieder.* Offen gesagt, für so kindisch ... verzeih das harte Wort.

Loth. Du kannst es gerne so benennen.

Hoffmann. Wie in aller Welt bist du nur ***darauf gekommen***?

Helene. Für so etwas müssen Sie einen sehr gewichtigen Grund haben – denke ich mir wenigstens.

Loth. Der existiert allerdings. Sie, Fräulein! – und ***du***, Hoffmann! weißt wahrscheinlich nicht, welche furchtbare Rolle der Alkohol in unserem modernen Leben spielt ... Lies ***Bunge***, wenn du dir einen Begriff davon machen willst. – Mir ist noch gerade in Erinnerung, was ein gewisser Everett über die Bedeutung des Alkohols für die Vereinigten Staaten gesagt hat. – Notabene, es bezieht sich auf einen Zeitraum von zehn Jahren. Er meint also: Der Alkohol hat direkt eine Summe von drei Milliarden und indirekt von sechshundert Millionen Dollars verschlungen. Er hat dreihunderttausend Menschen getötet, hunderttausend Kinder in die Armenhäuser geschickt, weitere Tausende in die Gefängnisse und Arbeitshäuser getrieben, er hat mindestens zweitausend Selbstmorde verursacht. Er hat den Verlust von wenigstens zehn Millionen Dollars durch Brand und gewaltsame Zerstörung verursacht, er hat zwanzigtausend Witwen und schließlich nicht weniger als eine Million Waisen geschaffen. Die Wirkung des Alkohols, das ist das Schlimmste, äußert sich sozusagen bis ins dritte und vierte Glied. – Hätte ich nun das ehrenwörtliche Versprechen abgelegt, nicht zu heiraten, dann könnte ich schon eher trinken, so aber ... meine Vorfahren sind alle gesunde, kernige und, wie ich weiß, äußerst mäßige Menschen gewesen. Jede Bewegung, die ich mache, jede Strapaze, die ich überstehe, jeder Atemzug gleichsam führt mir zu Gemüt, was ich ihnen verdanke. Und dies, siehst du, ist der Punkt: ***ich bin absolut fest entschlossen, die Erbschaft, die ich gemacht habe, ganz ungeschmälert auf meine Nachkommen zu bringen***.

Frau Krause. Du! – Schwiegersuhn! – inse Bargleute saufen woahrhaftig zu viel: doas muuß woahr sein.

Kahl. Die saufen wie d' Schweine.

Helene. Ach! so etwas vererbt sich?

Loth. Es gibt Familien, die daran zugrunde gehen, Trinkerfamilien.

Kahl, *halb zu Frau Krause, halb zu Helene*. Euer Aler, dar treibt's au a wing zu tull.

Helene, *weiß wie ein Tuch im Gesicht, heftig*. Ach, schwatzen Sie keinen Unsinn!

Frau Krause. Nee, do hier enner asu ein patziges Froovulk oa; asu 'ne Prinzessen. Hängst de wieder amol de Gnädige raus, wie? – Asu fährt se a Zukinftigen oa. *Zu Loth, auf Kahl deutend*. 's is nämlich d'r Zukinftige, missen Se nahmen, Herr Dukter, 's is alles eim reenen.

Helene, *aufspringend*. Hör auf! oder ... ***hör auf***, Mutter! oder ...

Frau Krause. Do hiert doch aber werklich ... na, do sprecha Se, Herr Dukter, iis das wull Bildung, hä? Weeß Gott, ich hal se wie mei eegnes Kind, aber die treibt's reen zu tull.

Hoffmann, *beschwichtigend*. Ach, Mama! tu mir doch den Gefallen ...

Frau Krause. Neee! ***groade*** – iich sah' doas nich ein – asu ane Goans wie die iis ... do hiert olle Gerechtigkeet uff ... su ane Titte!

Hoffmann. Mama, ich muß dich aber wirklich doch jetzt bitten, dich ...

Frau Krause, *immer wütender*. Stats doaß doas Froovulk ei der Wertschoft woas oagreeft ... bewoahre nee! Doa zeucht se an Flunsch biis hinger beede Leffel. – Oaber da Schillerich, oaber a Gethemoan, asu 'ne tumme Scheißkarle, die de nischt kinn'n als lieja: vu dan'n läßt se sich a Kupp verdrehn. Urnar zum Kränke krieja iis doas. *Schweigt bebend vor Wut.*

Hoffmann, *begütigend*. Nun – sie wird ja nun wieder ... es war ja vielleicht – nicht ganz recht ... es ... *Gibt Helenen, die in Erregung abseits getreten ist, einen Wink, auf den hin sich das Mädchen, die Tränen gewaltsam zurückhaltend, wieder auf seinen Platz begibt. Hoffmann, das nunmehr eingetretene peinliche Schweigen unterbrechend, zu Loth*. Ja ... von was sprachen wir doch? ... Richtig! – vom biederen Alkohol. *Er hebt sein Glas*. Nun, Mama: Frieden! – Komm, stoßen wir an – seien wir friedlich – machen wir dem Alkohol Ehre, indem wir friedlich sind. *Frau Krause, wenn auch etwas widerwillig, stößt doch mit ihm an. Hoffmann, zu Helene gewendet*. Was, Helene?! – dein Glas ist leer? ... Ei der Tausend, Loth! du hast Schule gemacht.

Helene. Ach ... nein ... ich ...

Frau Spiller. Mein gnädiges Fräulein, so etwas läßt tief ...

Hoffmann. Aber du warst doch sonst keine von den Zimperlichen.

Helene, *batzig*. Ich hab' eben heut keine Neigung zum Trinken, ***einfach***!

Hoffmann. Bitte, bitte, bitte ***seeehr*** um Verzeihung. – – Ja, von was sprachen wir doch?

Loth. Wir sprachen davon, daß es Trinkerfamilien gäbe.

Hoffmann, *aufs neue betreten*. Schon recht, schon recht, aber ... *Man bemerkt zunehmenden Ärger in dem Benehmen der Frau Krause, während Herr Kahl sichtlich Mühe hat, das Lachen über etwas, das ihn innerlich furchtbar zu amüsieren scheint, zurückzuhalten. Helene beobachtet Kahl ihrerseits mit brennenden Augen, und bereits mehrmals hat sie durch* *einen drohenden Blick Kahl davon zurückgehalten, etwas auszusprechen, was ihm sozusagen auf der Zunge liegt. Loth, ziemlich gleichmütig, mit Schälen eines Apfels beschäftigt, bemerkt von alledem nichts.*

Loth. Ihr scheint übrigens hier ziemlich damit gesegnet zu sein.

Hoffmann, *nahezu fassungslos.* Wieso? ... mit ... mit was gesegnet?

Loth. Mit Trinkern natürlicherweise.

Hoffmann. Hm! ... meinst du? ... ach ... jaja ... allerdings, die Bergleute ...

Loth. Nicht nur die Bergleute. Zum Beispiel hier in dem Wirtshaus, wo ich abstieg, bevor ich zu dir kam, da saß ein Kerl so: *Er stützt beide Ellenbogen auf den Tisch, nimmt den Kopf in die Hände und stiert auf die Tischplatte.*

Hoffmann. Wirklich? *Seine Verlegenheit hat den höchsten Grad erreicht; Frau Krause hustet, Helene starrt noch immer auf Kahl, welcher jetzt am ganzen Körper vor innerlichem Lachen bebt, sich aber doch noch so weit bändigt, nicht laut herauszuplatzen.*

Loth. Es wundert mich, daß du dieses – Original, könnte man beinahe sagen, noch nicht kennst. Das Wirtshaus ist ja gleich hier nebenan das. Mir wurde gesagt, es sei ein hiesiger steinreicher Bauer, der seine Tage und Jahre buchstäblich in diesem selben Gastzimmer mit Schnapstrinken zubrächte. Das reine Tier ist er natürlich. Diese furchtbar öden, versoffenen Augen, mit denen er mich anstierte. *Kahl, der bis hierher sich zurückgehalten hat, bricht in ein rohes, lautes, unaufhaltsames Gelächter aus, so daß Loth und Hoffmann, starr vor Staunen, ihn anblicken.*

Kahl, *unter dem Lachen hervorstammelnd.* Woahrhaftig! das is ja ... das is ja woahrhaftig der ... der Alte gewesen.

Helene *ist entsetzt und empört aufgesprungen. Zerknüllt die Serviette und schleudert sie auf den Tisch. Bricht aus.* Sie sind ... – *macht die Bewegung des Ausspeiens* – pfui! *Sie geht schnell ab.*

Kahl, *die aus dem Bewußtsein, eine große Dummheit gemacht zu haben, entstandene Verlegenheit gewaltsam abreißend.* Ach woas! ... Unsinn! 's iis ju zu tumm! – Iich gieh' menner Wege. *Er setzt seinen Hut auf und sagt, indem er abgeht, ohne sich noch einmal umzuwenden.* 'n Obend!

Frau Krause *ruft ihm nach.* Koan dersch nich verdenken, Willem! *Sie legt die Serviette zusammen und ruft dabei.* Miele! *Miele kommt.* Räum ab! *Für sich, aber doch laut.* Su ane Gans.

Hoffmann, *etwas aufgebracht.* Ich muß aber doch ehrlich sagen, Mama! ...

Frau Krause. Mahr dich aus. *Steht auf, schnell ab.*

Frau Spiller. Die gnädige Frau -m- haben heut manches häusliche Ärgernis gehabt -m-. Ich empfehle mich ganz ergebenst. *Sie steht auf und betet still, unter Augenaufschlag, dann ab.*

Miele und Eduard decken den Tisch ab. Hoffmann ist aufgestanden und kommt mit einem Zahnstocher im Mund nach dem Vordergrund; Loth folgt ihm.

Hoffmann. Ja, siehst du, so sind die Weiber.

Loth. Ich begreife gar nichts von alledem.

Hoffmann. Ist auch nicht der Rede wert. – So etwas kommt, wie bekannt, in den allerfeinsten Familien vor. Das darf dich nicht abhalten, ein paar Tage bei uns ...

Loth. Hätte gern deine Frau kennengelernt, warum läßt sie sich denn nicht blicken?

Hoffmann, *die Spitze einer frischen Zigarre abschneidend.* Du begreifst, in ihrem Zustand ... die Frauen lassen nun mal nicht von der Eitelkeit. Komm! wollen uns draußen im Garten bißchen ergehen. – Eduard! den Kaffee in die Laube.

Eduard. Sehr wohl.

Hoffmann und Loth ab durch den Wintergarten. Eduard ab durch die Mitteltür, hierauf Miele, ein Brett voll Geschirr tragend, ebenfalls ab durch die Mitteltür. Einige Augenblicke bleibt das Zimmer leer, dann erscheint

Helene, *erregt, mit verweinten Augen, das Taschentuch vor den Mund haltend. Von der Mitteltür, durch welche sie eingetreten ist, macht sie hastig ein paar Schritte nach links und lauscht an der Tür von Hoffmanns Zimmer.* Oh! nicht fort! – *Da sie hier nichts vernimmt, fliegt sie zur Tür des Wintergartens hinüber, wo sie ebenfalls mit gespanntem Ausdruck einige Sekunden lauscht. Bittend und mit gefalteten Händen, inbrünstig.* Oh! nicht fort, geh nicht fort!

Zweiter Akt

Morgens gegen vier Uhr. Im Wirtshaus sind die Fenster erleuchtet, ein grau-fahler Morgenschein durch den Torweg, der sich ganz allmählich im Laufe des Vorgangs zu einer dunklen Röte entwickelt, die sich dann, ebenso allmählich, in helles Tageslicht auflöst. Unter dem Torweg, auf der Erde, sitzt Beibst (etwa sechzigjährig) und dengelt seine Sense. Wie der Vorhang aufgeht, sieht man kaum mehr als seine Silhouette, die gegen den grauen Morgenhimmel absticht, vernimmt aber das eintönige, ununterbrochene, regelmäßige Aufschlagen des Dengelhammers auf den Dengelamboß. Dieses Geräusch bleibt während einiger Minuten allein hörbar, hierauf die feierliche Morgenstille unterbrochen durch das Geschrei aus dem Wirtshaus abziehender Gäste. Die Wirtshaustür fliegt krachend ins Schloß. Die Lichter in den Fenstern verlöschen. Hundebellen fern, Hähne krähen laut durcheinander. Auf dem Gange vom Wirtshaus her wird eine dunkle Gestalt bemerklich; dieselbe bewegt sich in

Zickzacklinien dem Hofe zu; es ist der Bauer Krause, welcher wie immer als letzter Gast das Wirtshaus verlassen hat.

Bauer Krause *ist gegen den Gartenzaun getaumelt, klammert sich mit den Händen daran fest und brüllt mit einer etwas näselnden, betrunkenen Stimme nach dem Wirtshaus zurück.* 's Gaartla iis ***mei***-ne! ... d'r Kratsch'm iis ***mei***-ne ... du Gostwertlops! Dohie hä! *Er macht sich, nachdem er noch einiges Unverständliche gemurmelt und gemurrt hat, vom Zaune los und stürzt in den Hof, wo er glücklich den Sterzen eines Pfluges zu fassen bekommt.* 's Gittla iis ***mei***-ne. *Er quasselt halb singend.* Trink ... ei ... Briederla, trink ... ei ... iederla, Branntw...wwein ... 'acht Kurasche. Dohie hä, – *laut brüllend* – bien iich nee a hibscher Moan? ... Hoa iich nee a hibsch Weibla dohie hä? ... Hoa iich nee a poar hibsche Madel?

Helene *kommt hastig aus dem Hause. Man sieht, sie hat an Kleidern nur umgenommen, soviel in aller Eile ihr möglich gewesen war.* Papa! ... lieber Papa!! so komm doch schon. *Sie faßt ihn unterm Arm, versucht ihn zu stützen und ins Haus zu ziehen.* K-omm doch ... nur ... sch-nell ins Haus, komm doch n-ur sch-nell! Ach!

Bauer Krause *hat sich aufgerichtet, versucht gerade zu stehen, bringt mit einiger Mühe und unter Zuhilfenahme beider Hände einen ledernen, strotzenden Geldbeutel aus der Tasche seiner Hose. In dem ein wenig helleren Morgenlichte erkennt man die sehr schäbige Bekleidung des etwa fünfzigjährigen Mannes, die um nichts besser ist als die des allergeringsten Landarbeiters. Er ist im bloßen Kopf, sein graues, spärliches Haar ungekämmt und struppig. Das schmutzige Hemd steht bis auf den Nabel herab weit offen; an einem einzigen gestickten Hosenträger hängt die ehemals gelbe, jetzt schmutzig glänzende, an den Knöcheln zugebundene Lederhose; die nackten Füße stecken in einem Paar gestickter Schlafschuhe, deren Stickerei noch sehr neu zu sein scheint. Jacke und Weste trägt der Bauer nicht, die Hemdärmel sind nicht zugeknöpft. Nachdem er den Geldbeutel glücklich herausgebracht hat, setzt er ihn mit der rechten mehrmals auf die Handfläche der linken Hand, so daß das*

Geld darin laut klimpert und klingt, dabei fixiert er seine Tochter mit laszivem Blicke. Dohie hä! 's Gald iis ***mei***-neee! hä? Mechst a poar Toalerla?

Helene. Ach, gr-oßer Gott! *Sie versucht mehrmals vergebens, ihn mitzuziehen. Bei einem dieser Versuche umarmt er sie mit der Plumpheit eines Gorillas und macht einige unzüchtige Griffe. Helene stößt unterdrückte Hilfeschreie aus.* Gl-eich läßt du l-os! Laß l-os! bitte, Papa, ach! *Sie weint, schreit dann plötzlich in äußerster Angst, Abscheu und Wut.* Tier, Schwein! *Sie stößt ihn von sich. Der Bauer fällt langhin auf die Erde. Beibst kommt von seinem Platz unter dem Torweg herbeigehinkt. Helene und Beibst machen sich daran, den Bauer aufzuheben.*

Bauer Krause *lallt*. T-rink, mei Bri'erla, tr...

Der Bauer wird aufgehoben und stürzt, Beibst und Helene mit sich reißend, in das Haus. Einen Augenblick bleibt die Bühne leer. Im Hause hört man Lärm, Türenschlagen. In einem Fenster wird Licht, hierauf Beibst wieder aus dem Hause. Er reißt an seiner Lederhose ein Schwefelholz an, um die kurze Pfeife, welche ihm fast nie aus dem Munde kommt, damit in Brand zu stecken. Als er damit noch beschäftigt ist, schleicht Kahl aus der Haustüre. Er ist in Strümpfen, hat sein Jackett über dem linken Arm hängen und trägt mit der linken Hand seine Schlafschuhe. Mit der rechten hält er seinen Hut, mit dem Munde seinen Hemdkragen. Etwa bis in die Mitte des Hofes gelangt, wendet er sich und sieht das Gesicht des Beibst auf sich gerichtet. Einen Augenblick scheint er unschlüssig, dann bringt er Hut und Hemdkragen in der Linken unter, greift in die Hosentasche und geht auf Beibst zu, dem er etwas in die Hand drückt.

Kahl. Do hot'r an Toaler ... oaber halt't Eure Gusche! *Er geht eiligst über den Hof und steigt über den Stachetenzaun rechts. Ab.*

Beibst hat mittels eines neuen Streichholzes seine Pfeife angezündet, hinkt bis unter den Torweg, läßt sich nieder und nimmt seine Dengelarbeit von neuem auf. Wieder eine Zeitlang nichts als das eintönige Aufschlagen des Dengelhammers und das Ächzen des alten Mannes, von kurzen Flüchen unterbrochen, wenn ihm etwas bei seiner Arbeit nicht nach Wunsch geht. Es ist um ein beträchtliches heller geworden.

Loth *tritt aus der Haustür, steht still, dehnt sich, tut mehrere tiefe Atemzüge*. H! ... h! ... Morgenluft! *Er geht langsam nach dem Hintergrunde zu bis unter den Torweg. Zu Beibst*. Guten Morgen! Schon so früh wach?

Beibst, *mißtrauisch aufschielend, unfreundlich*. Murja! *Kleine Pause, hierauf Beibst, ohne Loths Anwesenheit weiter zu beachten, gleichsam im Zwiegespräch mit seiner Sense, die er mehrmals aufgebracht hin - und herreißt*. Krummes Oos! na, werd's glei?! Ekch! Himmeldunnerschlag ja! *Er dengelt weiter*.

Loth *hat sich zwischen die Sterzen eines Exstirpators niedergelassen*. Es gibt wohl Heuernte heut?

Beibst, *grob*. De Äsel giehn eis Hä itzunder.

Loth. Nun, Ihr dengelt doch aber die Sense ...?

Beibst, *zur Sense*. Ekch! tumme Dare.

Kleine Pause, hierauf

Loth. Wollt Ihr mir nicht sagen, wozu Ihr die Sense scharf macht, wenn doch nicht Heuernte ist?

Beibst. Na – braucht ma ernt keene Sahnse zum Futtermacha?

Loth. Ach so! Futter soll also geschnitten werden.

Beibst. Woas d'n suste?

Loth. Wird das alle Morgen geschnitten?

Beibst. Na! – sool's Viech derhingern?

Loth. Ihr müßt schon 'n bißchen Nachsicht mit mir haben! ich bin eben ein Städter; da kann man nicht alles so genau wissen von der Landwirtschaft.

Beibst. Die Staadter glee – ekch! – de Staadter, die wissa doo glee oal's besser wie de Mensche vum Lande, hä?

Loth. Das trifft bei mir nicht zu. – Könnt Ihr mir nicht vielleicht erklären, was das für ein Instrument ist? Ich hab's wohl schon mal wo gesehen, aber der Name ...

Beibst. Doasjenigte, uf dan Se sitza?! Woas ma su soat Extrabater nennt ma doas.

Loth. Richtig, ein Exstirpator; wird der hier auch gebraucht?

Beibst. Leeder Gootts, nee. – A läßt a verludern ... a ganza Acker, reen verludern läßt a'n, d'r Pauer. A Oarmes mecht' a Fleckla hoann – ei insa Bärta wächst kee Getreide –, oaber nee, lieberscht läßt a'n verludern! – Nischt tit wachsa, ock blußig Seide und Quecka.

Loth. Ja, die kriegt man schon damit heraus. Ich weiß, bei den Ikariern hatte man auch solche Exstirpatoren, um das urbar gemachte Land vollends zu reinigen.

Beibst. Wu sein denn die I ... wie Se glei soan: I ...

Loth. Die Ikarier? In Amerika.

Beibst. Doo gibbt's au schunn asu 'ne Dinger?

Loth. Ja freilich.

Beibst. Woas iis denn doas fer a Vulk: die I ... I ...

Loth. Die Ikarier? – es ist gar kein besonderes Volk; es sind Leute aus allen Nationen, die sich zusammengetan haben; sie besitzen in Amerika ein hübsches Stück Land, das sie gemeinsam bewirtschaften; alle Arbeit und allen Verdienst teilen sie gleichmäßig. Keiner ist arm, es gibt keine Armen unter ihnen.

Beibst, *dessen Gesichtsausdruck ein wenig freundlicher geworden war, nimmt bei den letzten Worten Loths wieder das alte mißtrauisch-feindselige Gepräge an; ohne Loth weiter zu beachten, hat er sich* *neuerdings wieder ganz seiner Arbeit zugewendet, und zwar mit den Eingangsworten.* Oast vu enner Sahnse!

Loth, *immer noch sitzend, betrachtet den Alten zuerst mit einem ruhigen Lächeln und blickt dann hinaus in den erwachenden Morgen. Durch den Torweg erblickt man weitgedehnte Kleefelder und Wiesenflächen; zwischendurch schlängelt sich ein Bach, dessen Lauf durch Erlen und Weiden verraten wird. Am Horizonte ein einzelner Bergkegel. Allerorten haben die Lerchen eingesetzt, und ihr ununterbrochenes Getriller schallt bald näher, bald ferner her bis in den Gutshof herein. Jetzt erhebt sich Loth mit den Worten.* Man muß spazierengehn, der Morgen ist zu prächtig. *Er geht durch den Torweg hinaus. – Man hört das Klappen von Holzpantinen. Jemand kommt sehr schnell über die Bodentreppe des Stallgebäudes herunter: es ist Guste.*

Guste, *eine ziemlich dicke Magd: bloßes Mieder, nackte Arme und Waden, die bloßen Füße in Holzpantinen. Sie trägt eine brennende Laterne.* Guda Murja, Voater Beibst.

Beibst *brummt.*

Guste *blickt, die Augen mit der Hand beschattend, durch das Tor Loth nach.* Woas iis denn doas fer enner?

Beibst, *verärgert.* Dar koan Battelleute zum Noarrn hoann ... dar leugt egelganz wie a Forr ... vu dan luuß der de Hucke vuul liega. *Beibst steht auf.* Macht enk de Roawer zerecht, Madel.

Guste, *welche dabei war, ihre Waden am Brunnen abzuwaschen, ist damit fertig und sagt, bevor sie im Innern des Kuhstalls verschwindet.* Glei, glei! Voater Beibst.

Loth *kommt zurück, gibt Beibst Geld.* Da ist 'ne Kleinigkeit. Geld kann man immer brauchen.

Beibst, *auftauend, wie umgewandelt, mit aufrichtiger Gutmütigkeit.* Ju, ju! do han Se au recht ... na do dank' ich au vielmools. – Se sein wull d'r Besuch zum Schwiegersuhne? *Auf einmal sehr gesprächig.* Wissa Se:

wenn Se und Se wulln da nausgiehn auf a Barch zu, wissa Se, do haaln Se siich links, wissa Se, zängst nunder links, rechts gibt's Risse. Mei Suhn meente, 's käm' dodervoone, meent' a, weil se zu schlecht verzimmern täteh, meent' a, de Barchmoanne, 's soatzt zu wing Luhn, meent' a, und do gieht's ock asu: woas hust de, woas koanst de, ei a Gruba, verstiehn Se. – Sahn Se! – doo! – immer links, rechts gibt's Lecher. Vurigtes Johr erscht iis a Putterweib wie se ging und stoand iis se eis Ardreich versunka, iich wiß nee amool ***wie***-viel Kloaftern tief. Kee Mensch wußte, wuhie – wie gesoat, links, immer links, doo giehn Se sicher.

Ein Schuß fällt, Beibst, wie elektrisiert, hinkt einige Schritt ins Freie.

Loth. Wer schießt denn da schon so frühe?

Beibst. Na, war denn suste? – d'r Junge, dar meschante Junge.

Loth. Welcher Junge denn?

Beibst. Na, Kahl Willem – d'r Nupperschsuhn ... Na woart ock blußig due! Ich hoa's gesahn, a schißt meiner Gitte de Lärcha.

Loth. Ihr hinkt ja.

Beibst. Doaß 's Goot erbarm', ja. *Droht mit der Faust nach dem Felde*. Na woart du! woart du! ...

Loth. Was habt Ihr denn mit dem Bein gemacht?

Beibst. Iich?

Loth. Ja.

Beibst. 's iis asu neikumma.

Loth. Habt Ihr Schmerzen?

Beibst, *nach dem Bein greifend*. 's zerrt asu, 's zerrt infamt.

Loth. Habt Ihr keinen Arzt?

Beibst. Wissa Se – de Dukter, doas sein Oaffa, enner wie d'r andere! – Blußig inse Dukter, doas iis a tichter Moan.

Loth. Hat er Ihnen was genützt?

Beibst. Na – verlecht a klee wing wull au oam Ende. A hoot mersch Been geknet't: sahn Se, asu geknutscht un gehackt un ... oaber nee!! derwegen nich! – A iis ... na kurz un gutt, a hoot mit'n oarma Mensche a Mitleed: – A keeft'n de Med'zin, und a verlangt nischt. A kimmt zu jeder Zeet ...

Loth. Sie müssen sich das doch aber irgendwo zugezogen haben?! Haben Sie immer so gehinkt?

Beibst. Nich die Oahnung!

Loth. Dann verstehe ich nicht recht, es muß doch eine Ursache ...

Beibst. Weeß iich's? *Er droht wieder mit der Faust.* Woart ock due! woart ock mit dem Geknackse.

Kahl *erscheint innerhalb seines Gartens. Er trägt in der Rechten eine Flinte am Lauf, seine linke Hand ist geschlossen. Ruft herüber.* Guten Morjen ooch, Herr Dukter!

Loth geht quer durch den Hof auf ihn zu. Inzwischen hat Guste sowie eine andere Magd mit Namen Liese je eine Radwer zurechtgemacht, worauf Harke und Dunggabel liegen. Damit fahren sie durch den Torweg hinaus aufs Feld, an Beibst vorüber, der nach einigen grimmigen Blicken und verstohlenen Zornesgesten zu Kahl hinüber seine Sense schultert und ihnen nachhumpelt. Beibst und die Mägde ab.

Loth, *zu Kahl.* Guten Morgen!

Kahl. Wulln S' amol was Hibsches sahn? *Er streckt den Arm mit der geschlossenen Hand über den Zaun.*

Loth, *nähergehend.* Was haben Sie denn da?

Kahl. Roota Se! *Er öffnet gleich darauf seine Hand.*

Loth. Waas?! – es ist also wirklich wahr: Sie schießen Lerchen! Nun für diesen Unfug, Sie nichtsnutziger Bursche, verdienten Sie geohrfeigt zu werden, verstehen Sie mich?! *Er kehrt ihm den Rücken zu und geht quer durch den Hof zurück, Beibst und den Mägden nach. Ab.*

Kahl *starrt Loth einige Augenblicke dumm verblüfft nach, dann ballt er die Faust verstohlen, sagt* Dukterluder!, *wendet sich und verschwindet rechts. – Während einiger Augenblicke bleibt der Hof leer.*

Helene, aus der Haustür tretend, helles Sommerkleid, großer Gartenhut. Sie blickt sich rings um, tut dann einige Schritte auf den Torweg zu, steht still und späht hinaus. Hierauf schlendert sie rechts durch den Hof und biegt in den Weg ein, welcher nach dem Wirtshaus führt. Große Pakete von allerhand Tee hängen zum Trocknen über dem Zaune: daran riecht sie im Vorübergehen. Sie biegt auch Zweige von den Obstbäumen und betrachtet die sehr niedrig hängenden rotwangigen Äpfel. Als sie bemerkt, daß Loth vom Wirtshaus her ihr entgegenkommt, bemächtigt sich ihrer eine noch stärkere Unruhe, so daß sie sich schließlich umwendet und vor Loth her in den Hof zurückgeht. Hier bemerkt sie, daß der Taubenschlag noch geschlossen ist, und begibt sich dorthin durch das kleine Zaunpförtchen des Obstgartens. Noch damit beschäftigt, die Leine, welche, vom Winde getrieben, irgendwo festgehakt ist, herunterzuziehen, wird sie von Loth, der inzwischen herangekommen ist, angeredet.

Loth. Guten Morgen, Fräulein!

Helene. Guten Morgen! – Der Wind hat die Schnur hinaufgejagt.

Loth. Erlauben Sie! *Geht ebenfalls durch das Pförtchen, bringt die Schnur herunter und zieht den Schlag auf. Die Tauben fliegen aus.*

Helene. Ich danke sehr.

Loth *ist durch das Pförtchen wieder herausgetreten, bleibt aber außerhalb des Zaunes und an diesen gelehnt stehen. Helene innerhalb desselben. Nach einer kleinen Pause.* Pflegen Sie immer so früh aufzusein, Fräulein?

Helene. ***Das*** eben – wollte ich Sie auch fragen.

Loth. Ich –? nein! Die erste Nacht in einem fremden Hause passiert es mir jedoch gewöhnlich.

Helene. Wie ... kommt das?

Loth. Ich habe darüber noch nicht nachgedacht, es hat keinen Zweck.

Helene. Ach, wieso denn nicht?

Loth. Wenigstens keinen ersichtlichen, praktischen Zweck.

Helene. Also wenn Sie irgend etwas tun oder denken, ***muß*** es einem praktischen Zweck dienen?

Loth. Ganz recht! Übrigens ...

Helene. Das hätte ich von Ihnen nicht gedacht.

Loth. Was, Fräulein?

Helene. Genau das meinte die Stiefmutter, als sie mir vorgestern den „Werther" aus der Hand riß.

Loth. Das ist ein dummes Buch.

Helene. Sagen Sie das nicht!

Loth. Das sage ich noch mal, Fräulein. Es ist ein Buch für Schwächlinge.

Helene. ***Das*** – kann wohl möglich sein.

Loth. Wie kommen Sie gerade auf ***dieses*** Buch? Ist es Ihnen denn verständlich?

Helene. Ich hoffe, ich ... zum Teil ganz gewiß. Es beruhigt so, darin zu lesen. *Nach einer Pause.* Wenn's ein dummes Buch ist, wie Sie sagen, könnten Sie mir etwas Besseres empfehlen?

Loth. Le... lesen Sie ... na! ... kennen Sie den „Kampf um Rom" von Dahn?

Helene. Nein! Das Buch werde ich mir aber nun kaufen. Dient es einem praktischen Zweck?

Loth. Einem vernünftigen Zweck überhaupt. Es malt die Menschen nicht, wie sie sind, sondern wie sie einmal werden sollen. Es wirkt vorbildlich.

Helene, *mit Überzeugung.* ***Das*** ist ***schön***. *Kleine Pause, dann.* Vielleicht geben Sie mir Auskunft; man redet so viel von Zola und Ibsen in den Zeitungen: sind das große Dichter?

Loth. Es sind gar keine Dichter, sondern notwendige Übel, Fräulein. Ich bin ehrlich durstig und verlange von der Dichtkunst einen klaren, erfrischenden Trunk. – Ich bin nicht krank. Was Zola und Ibsen bieten, ist Medizin.

Helene, *gleichsam unwillkürlich.* Ach, dann wäre es doch vielleicht für mich etwas.

Loth, *bisher teilweise, jetzt ausschließlich in den Anblick des tauigen Obstgartens vertieft.* Es ist prächtig hier. Sehen Sie, wie die Sonne über der Bergkuppe herauskommt. – Viel Äpfel gibt es in Ihrem Garten: eine schöne Ernte.

Helene. Dreiviertel davon wird auch dies Jahr wieder gestohlen werden. Die Armut hierherum ist zu groß.

Loth. Sie glauben gar nicht, wie sehr ich das Land liebe! Leider wächst mein Weizen zum größten Teile in der Stadt. Aber nun will ich's mal durchgenießen, das Landleben. Unsereiner hat so'n bißchen Sonne und Frische mehr nötig als sonst jemand.

Helene, *seufzend.* Mehr nötig als ... inwiefern?

Loth. Weil man in einem harten Kampfe steht, dessen Ende man nicht erleben kann.

Helene. Stehen wir anderen ***nicht*** in einem solchen Kampfe?

Loth. Nein.

Helene. Aber – in einem Kampfe – stehen wir doch auch?!

Loth. Natürlicherweise! Aber der kann enden.

Helene. ***Kann*** – da haben Sie recht! – und wieso kann der nicht endigen – der, den Sie kämpfen, Herr Loth?

Loth. Ihr Kampf, das kann nur ein Kampf sein um persönliches Wohlergehen. Der einzelne kann dies, soweit menschenmöglich, erreichen. Mein Kampf ist ein Kampf um das Glück aller; sollte ich glücklich sein, so müßten es erst alle anderen Menschen um mich herum sein; ich müßte um mich herum weder Krankheit noch Armut, weder Knechtschaft noch Gemeinheit sehen. Ich könnte mich sozusagen nur als letzter an die Tafel setzen.

Helene, *mit Überzeugung.* ***Dann sind Sie ja ein sehr, sehr guter Mensch!***

Loth, *ein wenig betreten.* Verdienst ist weiter nicht dabei, Fräulein, ich bin so veranlagt. Ich muß übrigens sagen, daß mir der Kampf im Interesse des Fortschritts doch große Befriedigung gewährt. Eine Art Glück, die ich weit höher anschlage als die, mit der sich der gemeine Egoist zufriedengibt.

Helene. Es gibt wohl nur sehr wenige Menschen, die so veranlagt sind. – Es muß ein Glück sein, mit solcher Veranlagung geboren zu sein.

Loth. Geboren wird man wohl auch nicht damit. Man kommt dazu durch die Verkehrtheit unserer Verhältnisse, scheint mir; – nur muß man für das Verkehrte einen Sinn haben: ***das*** ist es! Hat man den und leidet man so bewußt unter den verkehrten Verhältnissen, dann wird man mit Notwendigkeit zu dem, was ich bin.

Helene. Wenn ich Sie nur besser ... welche Verhältnisse nennen Sie zum Beispiel verkehrt?

Loth. Es ist zum Beispiel verkehrt, wenn der im Schweiße seines Angesichts Arbeitende hungert und der Faule im Überflusse leben darf. – Es ist verkehrt, den Mord im Frieden zu bestrafen und den Mord im Krieg zu belohnen. Es ist verkehrt, den Henker zu verachten und selbst, wie es die Soldaten tun, mit einem Menschenabschlachtungs-Instrument, wie es der Degen oder der Säbel ist, an der Seite stolz herumzulaufen. Den Henker, der das mit dem Beile täte, würde man zweifelsohne steinigen. Verkehrt ist es dann, die Religion Christi, diese

Religion der Duldung, Vergebung und Liebe, als Staatsreligion zu haben und dabei ganze Völker zu vollendeten Menschenschlächtern heranzubilden. Dies sind einige unter Millionen, müssen Sie bedenken. Es kostet Mühe, sich durch alle diese Verkehrtheiten hindurchzuringen; man ***muß*** früh anfangen.

Helene. Wie sind Sie denn nur so auf alles dies gekommen? Es ist so einfach, und doch kommt man nicht darauf.

Loth. Ich mag wohl durch meinen Entwickelungsgang darauf gekommen sein, durch Gespräche mit Freunden, durch Lektüre, durch eigenes Denken. Hinter die erste Verkehrtheit kam ich als kleiner Junge. Ich log mal sehr stark und bekam dafür die schrecklichsten Prügel von meinem Vater; kurz darauf fuhr ich mit ihm auf der Eisenbahn, und da merkte ich, daß mein Vater auch log und es für ganz selbstverständlich hielt, zu lügen; ich war damals fünf Jahre, und mein Vater sagte dem Schaffner, ich sei noch nicht vier, der freien Fahrt halber, welche Kinder unter vier Jahren genießen. Dann sagte der Lehrer auch mal: Sei fleißig, halt dich brav, dann wird es dir auch unfehlbar gutgehen im Leben. Der Mann lehrte uns eine Verkehrtheit, dahinter kam ich sehr bald. Mein Vater war brav, ehrlich, durch und durch bieder, und ein Schuft, der noch jetzt als reicher Mann lebt, betrog ihn um seine paar tausend Taler. Bei ebendiesem Schuft, der eine große Seifenfabrik besaß, mußte mein Vater sogar, durch die Not getrieben, in Stellung treten.

Helene. Unsereins wagt es gar nicht – wagt es gar nicht, so etwas für verkehrt anzusehen, höchstens ganz im stillen empfindet man es. Man empfindet es oft sogar, und dann – wird einem ganz verzweifelt zumut.

Loth. Ich erinnere mich einer Verkehrtheit, die mir ganz besonders klar als solche vor Augen trat. Bis dahin glaubte ich: der Mord werde unter allen Umständen als ein Verbrechen bestraft; danach wurde mir jedoch klar, daß nur die milderen Formen des Mordes ungesetzlich sind.

Helene. Wie wäre das wohl ...

Loth. Mein Vater war Siedemeister, wir wohnten dicht an der Fabrik, unsere Fenster gingen auf den Fabrikhof. Da sah ich auch noch manches außerdem: Es war ein Arbeiter, der fünf Jahr in der Fabrik gearbeitet hatte. Er fing an, stark zu husten und abzumagern ... ich weiß, wie uns mein Vater bei Tisch erzählte: Burmeister – so hieß der Arbeiter – bekommt die Lungenschwindsucht, wenn er noch länger bei der Seifenfabrikation bleibt. Der Doktor hat es ihm gesagt. – Der Mann hatte acht Kinder, und ausgemergelt, wie er war, konnte er nirgends mehr Arbeit finden. Er ***mußte*** also in der Seifenfabrik bleiben, und der Prinzipal tat sich viel darauf zugute, daß er ihn beibehielt. Er kam sich unbedingt äußerst human vor. – Eines Nachmittags, im August, es war eine furchtbare Hitze, da quälte er sich mit einer Karre Kalk über den Fabrikhof. – Ich sah gerade aus dem Fenster, da merke ich, wie er stillsteht – wieder stillsteht, und schließlich schlägt er lang auf die Steine. – Ich lief hinzu. – mein Vater kam, andere Arbeiter kamen, aber er röchelte nur noch, und sein ganzer Mund war voll Blut. Ich half ihn ins Haus tragen. Ein Haufe kalkiger, nach allerhand Chemikalien stinkender Lumpen war er; bevor wir ihn im Hause hatten, war er schon gestorben.

Helene. Ach, schrecklich ist das!

Loth. Kaum acht Tage später zogen wir seine Frau aus dem Fluß, in den die verbrauchte Lauge unserer Fabrik abfloß. – Ja, Fräulein! wenn man dies alles kennt, wie ich es ***jetzt*** kenne – glauben Sie mir! –, dann läßt es einem keine Ruhe mehr. Ein einfaches Stückchen Seife, bei dem sich in der Welt sonst niemand etwas denkt, ja, ein paar reingewaschene, gepflegte Hände schon können einen in die bitterste Laune versetzen.

Helene. Ich hab' auch mal so was gesehen. Hu! schrecklich war das, ***schrecklich***!

Loth. Was?

Helene. Der Sohn von einem Arbeitsmann wurde halbtot hier hereingetragen. Es ist nun ... drei Jahre vielleicht ist es her.

Loth. War er verunglückt?

Helene. Ja, drüben im Bärenstollen.

Loth. Ein Bergmann also?

Helene. Ja, die meisten jungen Leute hierherum gehen auf die Grube. – Ein zweiter Sohn desselben Vaters war auch Schlepper und ist auch verunglückt.

Loth. Beide tot?

Helene. Beide tot ... Einmal riß etwas an der Fahrkunst, das andere Mal waren es schlagende Wetter. – Der alte Beibst hat aber noch einen dritten Sohn, der fährt auch seit Ostern ein.

Loth. ***Was*** Sie sagen! – hat er nichts dawider?

Helene. Gar nichts, nein! Er ist nur jetzt noch weit mürrischer als früher. Haben Sie ihn nicht schon gesehen?

Loth. Wieso ich?

Helene. Er saß ja heut früh nebenan, unter der Durchfahrt.

Loth. Ach! – wie? ... Er arbeitet hier im Hofe?

Helene. Schon seit Jahren.

Loth. Er hinkt?

Helene. Ziemlich stark sogar.

Loth. Soosoo – was ist ihm denn da passiert, mit dem Bein?

Helene. Das ist 'ne heikle Geschichte. Sie kennen doch den Herrn Kahl? ... da ***muß*** ich Ihnen aber ganz nahe kommen. Sein Vater, müssen Sie wissen, war genau so ein Jagdnarr wie er. Er schoß hinter den Handwerksburschen her, die auf den Hof kamen, wenn auch nur in die Luft, um ihnen Schrecken einzujagen. Er war auch sehr jähzornig, wissen Sie; wenn er getrunken hatte, erst recht. Nu hat wohl der Beibst mal gemuckscht – er muckscht gern, wissen Sie –, und da hat der Bauer die Flinte zu packen gekriegt und ihm eine Ladung gegeben. Beibst, wissen Sie, war nämlich früher beim Nachbar Kahl für Kutscher.

Loth. Frevel über Frevel, wohin man hört.

Helene, *immer unsicherer und erregter.* Ich hab' auch schon manchmal so bei mir gedacht ... sie haben mir alle mitunter schon so furchtbar leid getan –: der alte Beibst und ... Wenn die Bauern so roh und dumm sind wie der – wie der Streckmann, der – läßt seine Knechte hungern und füttert die Hunde mit Konditorzeug. Hier bin ich wie dumm, seit ich aus der Pension zurück bin ... Ich hab' auch mein Päckchen! – aber ich rede ja wohl Unsinn – es interessiert Sie ja gar nicht – Sie lachen mich im stillen bloß aus.

Loth. Aber Fräulein, wie können Sie nur ... weshalb sollte ich Sie denn ...

Helene. Nun, etwa nicht? Sie denken doch: die ist auch nicht besser wie die anderen hier.

Loth. Ich denke von niemand schlecht, Fräulein!

Helene. Das machen Sie mir nicht weis ... nein, nein!

Loth. Aber Fräulein! wann hätte ich Ihnen Veranlassung ...

Helene, *nahe am Weinen.* Ach, reden Sie doch nicht! Sie verachten uns, verlassen Sie sich drauf: – Sie müssen uns ja doch verachten, – *weinerlich* – den Schwager mit, **mich** mit. ***Mich*** vor allen Dingen, und dazu, da-zu haben Sie wahr ... wahrhaftig auch Grund. *Sie wendet Loth schnell den Rücken und geht, ihrer Bewegung nicht mehr Herr, durch den Obstgarten nach dem Hintergrunde zu ab. Loth tritt durch das Pförtchen und folgt ihr langsam.*

Frau Krause, *in überladener Morgentoilette, puterrot im Gesicht, aus der Haustür, schreit.* Doas Loaster vu Froovulk! Marie! Ma–rie!! unter menn Dache? Weg ***muuß*** doas Froovulk! *Sie rennt über den Hof und verschwindet in der Stalltür. Frau Spiller, mit Häkelarbeit, erscheint in der Haustür. Im Stalle hört man Schimpfen und Heulen. Frau Krause, die heulende Magd vor sich hertreibend, aus dem Stall.* Du Hurenfroovulk du!

– *die Magd heult stärker* – uuf der Stelle naus! Sich deine sieba Sacha z'samma und dann naus!

Helene, mit roten Augen, kommt durch den Torweg, bemerkt die Szene und steht abwartend still.

Die Magd *entdeckt Frau Spiller, wirft Schemel und Milchgelte weg und geht wütend auf sie zu.* Doas biin iich Ihn schuldig! Doas war iich Ihn eitränka!! *Sie rennt schluchzend davon, die Bodentreppe hinauf. Ab.*

Helene, *zu Frau Krause tretend.* Was hat sie denn gemacht?

Frau Krause, *grob.* Gieht's diich oan, Goans?

Helene, *heftig, fast weinend.* ***Ja***, mich geht's an.

Frau Spiller, *schnell hinzutretend.* Mein gnädiges Fräulein, so etwas ist nicht für das Ohr eines jungen Mädchens wie ...

Frau Krause. Worum ock nee goar, Spillern! die iis au nee vu Marzepane. Mit'n Grußknecht zusoammagelahn hot se ei en Bette. Do wißt de's.

Helene, *in befehlendem Tone.* Die Magd wird aber ***doch*** bleiben.

Frau Krause. Weibsstück!

Helene. Gut! dann will ich dem Vater erzählen, daß ***du*** mit Kahl Wilhelm die Nächte ebenso verbringst.

Frau Krause *schlägt ihr eine Maulschelle.* Do hust an Denkzettel!

Helene, *todbleich, aber noch fester.* Die Magd bleibt aber doch, sonst ... sonst bring' ich's herum! Mit Kahl Wilhelm, du! Dein Vetter ... mein Bräutjam ... Ich bring's herum.

Frau Krause, *mit wankender Fassung.* Wer koan doas soan?

Helene. Ich! Denn ich hab' ihn heut morgen aus deinem Schlafzimmer ... *Schnell ab ins Haus.*

Frau Krause, taumelnd, nahe einer Ohnmacht. Frau Spiller mit Riechfläschchen zu ihr.

Frau Spiller. Gnädige Frau, gnädige Frau!

Frau Krause. Sp...illern, die Moad sss...sool dooblein.

Dritter Akt

Zeit: wenige Minuten nach dem Vorfall zwischen Helene und ihrer Stiefmutter im Hofe. Der Schauplatz ist der des ersten Vorgangs.

Dr. Schimmelpfennig sitzt, ein Rezept schreibend, Schlapphut, Zwirnhandschuhe und Stock vor sich auf der Tischplatte, an dem Tisch links im Vordergrunde. Er ist von Gestalt klein und gedrungen, hat schwarzes Wollhaar und einen ziemlich starken Schnurrbart. Schwarzer Rock im Schnitt der Jägerschen Normalröcke. Die Kleidung im ganzen solid, aber nicht elegant. Hat die Gewohnheit, fast ununterbrochen seinen Schnurrbart zu streichen oder zu drehen, um so stärker, je erregter er innerlich wird. Sein Gesichtsausdruck, wenn er mit Hoffmann redet, ist gezwungen ruhig, ein Zug von Sarkasmus liegt um seine Mundwinkel. Seine Bewegungen sind lebhaft, fest und eckig, durchaus natürlich. Hoffmann, in seidenem Schlafrock und Pantoffeln, geht umher. Der Tisch rechts im Hintergrunde ist zum Frühstück hergerichtet. Feines Porzellan. Gebäck, Rumkaraffe usw.

Hoffmann. Herr Doktor, sind Sie mit dem Aussehen meiner Frau zufrieden?

Dr. Schimmelpfennig Sie sieht ja ganz gut aus, warum nicht.

Hoffmann. Denken Sie, daß alles gut vorübergehen wird?

Dr. Schimmelpfennig Ich hoffe.

Hoffmann, *nach einer Pause, zögernd.* Herr Doktor, ich habe mir vorgenommen – schon seit Wochen –, Sie, sobald ich hierherkäme, in einer ganz bestimmten Sache um Ihren Rat zu bitten.

Dr. Schimmelpfennig, *der bis jetzt unter dem Schreiben geantwortet hat, legt die Feder beiseite, steht auf und übergibt Hoffmann das geschriebene Rezept.* So! ... das lassen Sie wohl bald machen. *Indem er Hut, Handschuhe und Stock nimmt.* Über Kopfschmerz klagt Ihre Frau. *In seinen Hut blickend, geschäftsmäßig.* Ehe ich es vergesse: suchen Sie doch Ihrer Frau begreiflich zu machen, daß sie für das kommende Lebewesen einigermaßen verantwortlich ist, ich habe ihr bereits selbst einiges gesagt – über die Folgen des Schnürens.

Hoffmann. Ganz gewiß, Herr Doktor ... ich will ganz gewiß mein möglichstes tun, ihr ...

Dr. Schimmelpfennig, *sich ein wenig linkisch verbeugend.* Empfehle mich. *Geht, bleibt wieder stehen.* Ach so! ... Sie wollten ja meinen Rat hören. *Er blickt Hoffmann kalt an.*

Hoffmann. Ja, wenn Sie noch einen Augenblick Zeit hätten ... *Nicht ohne Affektiertheit.* Sie kennen das entsetzliche Ende meines ersten Jungen. Sie haben es ja ganz aus der Nähe gesehen. Wie weit ***ich*** damals war, wissen Sie ja wohl auch. – Man glaubt es nicht, dennoch: die Zeit mildert! ... Schließlich habe ich sogar noch Grund zur Dankbarkeit, mein sehnlichster Wunsch soll, wie es scheint, erfüllt werden. Sie werden begreifen, daß ich alles tun muß ... Es hat mich schlaflose Nächte genug gekostet, und doch weiß ich noch nicht, noch immer nicht, wie ich es anstellen soll, um das jetzt noch ungeborene Geschöpf vor dem furchtbaren Schicksale seines Brüderchens zu bewahren. Und das ist es, weshalb ich Sie ...

Dr. Schimmelpfennig, *trocken und geschäftsmäßig.* Von seiner Mutter trennen: Grundbedingung einer gedeihlichen Entwickelung.

Hoffmann. Also doch?! – Meinen Sie, völlig trennen? ... Soll es auch nicht in demselben Hause mit ihr ...?

Dr. Schimmelpfennig. Nein, wenn es Ihnen ernst ist um die Erhaltung Ihres Kindes, dann nicht. Ihr Vermögen gestattet Ihnen ja in dieser Beziehung die freieste Bewegung.

Hoffmann. Gott sei Dank, ja! Ich habe auch schon in der Nähe von Hirschberg eine Villa mit sehr großem Park angekauft. Nur wollte ich auch meine Frau ...

Dr. Schimmelpfennig *dreht seinen Bart und starrt auf die Erde. Unter Nachdenken.* Kaufen Sie doch Ihrer Frau irgendwo anders eine Villa ...

Hoffmann *zuckt die Achseln.*

Dr. Schimmelpfennig, *wie vorher.* Könnten Sie nicht – Ihre Schwägerin – für die Aufgabe, dieses Kind zu erziehen, interessieren?

Hoffmann. Wenn Sie wüßten, Herr Doktor, was für Hindernisse ... außerdem: ein unerfahrenes junges Ding ... Mutter ist doch Mutter.

Dr. Schimmelpfennig Sie wissen meine Meinung. Empfehle mich.

Hoffmann, *mit Überfreundlichkeit um ihn herumkomplimentierend.* Empfehle mich ebenfalls! Ich bin Ihnen äußerst dankbar ... *Beide ab durch die Mitteltür.*

Helene, das Taschentuch vor den Mund gepreßt, schluchzend, außer sich, kommt herein und läßt sich auf das Sofa links vorn hinfallen. Nach einigen Augenblicken tritt Hoffmann, Zeitungsblätter in den Händen haltend, abermals ein.

Hoffmann. Was ist denn ***das*** –? Sag mal, Schwägerin! soll denn das noch lange so fortgehen? – Seit ich hier bin, vergeht nicht ein Tag, an dem ich dich nicht weinen sehe.

Helene. Ach! – was weißt du!? – Wenn du überhaupt Sinn für so was hätt'st, dann würdst du dich vielmehr wundern, wenn ich mal nicht weinte.

Hoffmann. – Das leuchtet mir nicht ein, Schwägerin!

Helene. Mir um so mehr!

Hoffmann. ... Es muß doch wieder was passiert sein, hör mal!

Helene *springt auf, stampft mit dem Fuße.* Pfui! Pfui! ... und ich mag's nicht mehr leiden ... das hört auf! ich lasse mir das nicht mehr bieten! ich sehe nicht ein, warum ... ich ... *In Weinen erstickend.*

Hoffmann. Willst du mir denn nicht wenigstens sagen, worum sich's handelt, damit ...

Helene, *aufs neue heftig ausbrechend.* Alles ist mir egal! Schlimmer kann's nicht mehr kommen: – einen Trunkenbold von Vater hat man, ein Tier – vor dem die ... die eigene Tochter nicht sicher ist. – Eine ehebrecherische Stiefmutter, die mich an ihren Galan verkuppeln möchte ... Dieses ganze Dasein überhaupt. – Nein –! ich sehe nicht ein, wer mich zwingen kann, durchaus schlecht zu werden. Ich gehe fort! ich renne fort – und wenn ihr mich nicht loslaßt, dann ... Strick. Messer, Revolver! ... mir egal! – ich will nicht auch zum Branntwein greifen wie meine Schwester.

Hoffmann, *erschrocken, packt sie am Arm.* Lene! ... Ich sag' dir, still! ... davon still!

Helene. Mir egal! ... mir ganz egal! – Man ist ... man ***muß*** sich schämen bis in die Seele nein. – Man möchte was wissen, was sein, was sein können – und was ist man nu?

Hoffmann, *der ihren Arm noch nicht wieder losgelassen, fängt an, das Mädchen allmählich nach dem Sofa hinzudrängen. Im Tone seiner Stimme liegt nun plötzlich eine weichliche, übertriebene, gleichsam vibrierende Milde.* **Len**chen –! Ich weiß ja recht gut, daß du hier manches auszustehen hast. Sei nur ruhig ...! brauchst es mir gar nicht zu sagen. *Er legt die Rechte liebkosend auf ihre Schulter, bringt sein Gesicht nahe dem ihren.* Ich kann dich gar nicht weinen sehen. Wahrhaftig! – 's tut mir weh. Sieh doch nur aber die Verhältnisse nicht schwärzer, als sie sind –;

und dann: – hast du vergessen, daß wir beide – du und ich – sozusagen in der gleichen Lage sind? – Ich bin in diese Bauernatmosphäre hineingekommen ... passe ich hinein? Genauso wenig wie du hoffentlich.

Helene, *immer noch weinend.* Hätte mein – gutes – M–Muttelchen das geahnt – als sie ... als sie bestimmte – daß ich in Herrnhut – erzogen ... erzogen werden sollte. Hätte sie – mich lieber ... mich lieber zu Hause gelassen, dann hätte ich ... hätte ich wenigstens – nichts anderes kennengelernt, wäre in dem Sumpf hier auf ... aufgewachsen. – Aber so ...

Hoffmann *hat Helene sanft auf das Sofa gezwungen und sitzt nun, eng an sie gedrängt, neben ihr. Immer auffälliger verrät sich in seinen Tröstungen das sinnliche Element.* Lenchen –! Sieh mich an, laß das gut sein, tröste dich mit mir. – Ich brauche dir von deiner Schwester nicht zu sprechen. *Heiß und mit Innigkeit, indem er sie enger umschlingt.* Ja, wäre sie, wie ***du*** bist! ... So aber ... sag selbst: was kann ***sie*** mir sein? – Wo lebt ein Mann, Lenchen, ein gebildeter Mann, – *leiser* – dessen Frau von einer so unglückseligen Leidenschaft befallen ist? – Man darf es gar nicht laut sagen: eine Frau – und – Branntwein ... Nun, sprich, bin ich glücklicher? ... Denk an mein Fritzchen! – Nun? ... bin ich am Ende besser dran, wie? ... *Immer leidenschaftlicher.* Siehst du: so hat's das Schicksal schließlich noch gut gemeint. Es hat uns zueinandergebracht. – Wir gehören füreinander! Wir sind zu Freunden vorausbestimmt, mit unsren gleichen Leiden. Nicht, Lenchen? *Er umschlingt sie ganz. Sie läßt es geschehen, aber mit einem Ausdruck, der besagt, daß sie sich zum Dulden zwingt. Sie ist still geworden und scheint mit zitternder Spannung etwas zu erwarten, irgendeine Gewißheit, eine Enthüllung, die unfehlbar herankommt.*

Hoffmann, *zärtlich.* Du solltest meinem Vorschlag folgen, solltest dies Haus verlassen, bei uns wohnen. – Das Kindchen, das kommt, braucht eine Mutter. – Komm! sei du ihm das, – *leidenschaftlich, gerührt, sentimental* – sonst hat es eben keine Mutter. Und dann: – bring ein wenig, nur ein ganz, ganz klein wenig Licht in mein Leben. ***Tuu***'s! – ***Tu-***

's! *Er will seinen Kopf an ihre Brust lehnen. Sie springt auf, empört. In ihren Mienen verrät sich Verachtung, Überraschung, Ekel, Haß.*

Helene. Schwager! Du bist, du bist ... Jetzt kenn' ich dich durch und durch. Bisher hab' ich's nur so dunkel gefühlt. Jetzt weiß ich's ganz gewiß.

Hoffmann, *überrascht, fassungslos.* Was ...? Helene ... einzig, wirklich ...

Helene. Jetzt weiß ich ganz gewiß, daß du nicht um ein Haar besser bist ... was denn! schlechter bist du, der Schlechtste von allen hier!

Hoffmann *steht auf; mit angenommener Kälte.* Dein Betragen heut ist sehr eigentümlich, weißt du!

Helene *tritt nahe zu ihm.* Du gehst doch nur auf das eine Ziel los. *Halblaut in sein Ohr.* Aber du hast ganz andere Waffen als Vater und Stiefmutter oder der ehrenfeste Herr Bräutigam, ganz andere. Gegen dich gehalten sind sie Lämmer, alle mitnander. Jetzt, jetzt auf einmal, jetzt eben ist mir das sonnenklar geworden.

Hoffmann, *in erheuchelter Entrüstung.* Lene! Du bist ... du bist nicht bei Trost, das ist ja heller Wahn ... *Er unterbricht sich, schlägt sich vor den Kopf.* Gott, wie wird mir denn auf einmal, natürlich! ... du hast ... es ist freilich noch sehr früh am Tage, aber ich wette, du hast ... Helene, du hast heut früh schon mit Alfred Loth geredet.

Helene. Weshalb sollte ich denn nicht mit ihm geredet haben? Es ist ein Mann, vor dem wir uns alle verstecken müßten vor Scham, wenn es mit rechten Dingen zuginge.

Hoffmann. Also wirklich! ... Achsooo! ... na jaaa! ... ***aller***dings ... da darf ich mich weiter nicht wundern. – So, so, so, hat also die Gelegenheit benützt, über seinen Wohltäter 'n bißchen herzuziehen. Man sollte immer auf dergleichen gefaßt sein, freilich!

Helene. Schwager! das ist nun geradezu ***gemein***.

Hoffmann. Finde ich beinah auch!

Helene. Kein Sterbenswort, nicht ein Sterbenswort hat er gesagt über dich.

Hoffmann, *ohne darauf einzugehen.* Wenn die Sachen so liegen, dann ist es geradezu meine Pflicht, ich sage, meine Pflicht, als Verwandter, einem so unerfahrenen Mädchen gegenüber, wie du bist ...

Helene. Unerfahrenes Mädchen –? Wie du mir vorkommst!

Hoffmann, *aufgebracht*. Auf meine Verantwortung ist Loth hier ins Haus gekommen. Nun mußt du wissen: – er ist – gelinde gesprochen – ein höchst ge-fähr-licher Schwärmer, dieser Herr Loth.

Helene. Daß du das von Herrn Loth sagst, hat für mich so etwas – Verkehrtes – etwas lächerlich Verkehrtes.

Hoffmann. Ein Schwärmer, der die Gabe hat, nicht nur Weibern, sondern auch ***vernünftigen*** Leuten die Köpfe zu verwirren.

Helene. Siehst du: ***wieder*** so eine Verkehrtheit! Mir ist es nach den wenigen Worten, die ich mit Herrn Loth geredet habe, so wohltuend klar im Kopfe ...

Hoffmann, *im Tone eines Verweises*. Was ich dir sage, ist durchaus nichts Verkehrtes.

Helene. Man muß für das Verkehrte einen Sinn haben, und den hast du eben nicht.

Hoffmann, *wie vorher*. Davon ist jetzt nicht die Rede. Ich erkläre dir nochmals, daß ich dir nichts Verkehrtes sage, sondern etwas, was ich dich bitten muß, als tatsächlich wahr hinzunehmen ... Ich habe es an mir erfahren: er benebelt einem den Kopf, und dann schwärmt man von Völkerverbrüderung, von Freiheit und Gleichheit, setzt sich über Sitte und Moral hinweg ... Wir wären damals um dieser Hirngespinste willen – weiß der Himmel – über die Leichen unserer Eltern hinweggeschritten, um zum Ziele zu gelangen. Und er, sage ich dir, würde erforderlichenfalls noch heute dasselbe tun.

Helene. Wie viele Eltern mögen wohl alljährlich über die Leichen ihrer Kinder schreiten, ohne daß jemand ...

Hoffmann, *ihr in die Rede fallend*. Das ist Unsinn! Da hört ***alles*** auf! ... Ich sage dir, nimm dich vor ihm in acht, in jeder ... ich sage ganz ausdrücklich, in ***jeder*** Beziehung. – Von moralischen Skrupeln ist da keine Spur.

Helene. Nee, wie verkehrt dies nun wieder ist. Glaub mir, Schwager, fängt man erst mal an drauf zu achten ... es ist so schrecklich interessant ...

Hoffmann. Sag doch, was du willst, gewarnt bist du nun. Ich will dir nur noch ganz im Vertrauen mitteilen: ein Haar, und ich wäre damals durch ihn und mit ihm greulich in die Tinte geraten.

Helene. Wenn dieser Mensch so gefährlich ist, warum freutest du dich denn gestern so aufrichtig, als ...

Hoffmann. Gott ja, er ist eben ein Jugendbekannter! Weißt du denn, ob nicht ganz bestimmte Gründe vorlagen ...

Helene. Gründe? Wie denn?

Hoffmann. Nur so. – Käme er allerdings heut und wüßte ich, was ich jetzt weiß –

Helene. Was weißt du denn nur? Ich sagte dir doch bereits, er hat kein Sterbenswort über dich verlauten lassen.

Hoffmann. – Verlaß dich drauf! Ich hätte mir's zweimal überlegt und mich wahrscheinlich sehr in acht genommen, ihn hierzubehalten. Loth ist und bleibt 'n Mensch, dessen Umgang kompromittiert. Die Behörden haben ihn im Auge.

Helene. Ja, hat er denn ein Verbrechen begangen?

Hoffmann. Sprechen wir lieber darüber nicht. Laß es dir genug sein, Schwägerin, wenn ich dir die Versicherung gebe: mit Ansichten, wie er sie hat, in der Welt umherzulaufen, ist heutzutage weit schlimmer und vor allem weit gefährlicher als stehlen.

Helene. Ich will's mir merken. – Nun aber – Schwager! hörst du? Frag mich nicht – wie ich nach deinen Reden über Herrn Loth noch von ***dir*** denke. – Hörst du?

Hoffmann, *zynisch kalt*. Denkst du denn wirklich, daß mir so ganz besonders viel daran liegt, das zu wissen? *Er drückt den Klingelknopf.* Übrigens höre ich ihn da eben hereinkommen. *Loth tritt ein.* Nun –? gut geschlafen, alter Freund?

Loth. Gut, aber nicht lange. Sag doch mal: ich sah da vorhin jemand aus dem Haus kommen, einen Herrn.

Hoffmann. Vermutlich der Doktor, der soeben hier war. Ich erzählte dir ja ... dieser eigentümliche Mischmasch von Härte und Sentimentalität.

Helene verhandelt mit Eduard, der eben eingetreten ist. Er geht ab und serviert kurz darauf Tee und Kaffee.

Loth. Dieser Mischmasch, wie du dich ausdrückst, sah nämlich einem alten Universitätsfreunde von mir furchtbar ähnlich – ich hätte schwören können, daß er es sei – einem gewissen Schimmelpfennig.

Hoffmann, *sich am Frühstückstisch niederlassend*. Nu ja, ganz recht: Schimmelpfennig!

Loth. Ganz recht? Was?

Hoffmann. Er heißt in der Tat Schimmelpfennig.

Loth. Wer? Der Doktor hier?

Hoffmann. Du sagtest es doch eben. Ja, der Doktor.

Loth. Dann ... das ist aber auch wirklich wunderlich! Unbedingt ist er's dann.

Hoffmann. Siehst du wohl, schöne Seelen finden sich zu Wasser und zu Lande. Du nimmst mir's nicht übel, wenn ich anfange; wir wollten uns nämlich gerade zum Frühstück setzen. Bitte, nimm Platz! Du hast doch wohl nicht schon irgendwo gefrühstückt?

Loth. Nein!

Hoffmann. Nun dann, also. *Er rückt, selbst sitzend, Loth einen Stuhl zurecht. Hierauf zu Eduard, der mit Tee und Kaffee kommt*. Ä! wird ... e ... meine Frau Schwiegermama nicht kommen?

Eduard. Die gnädige Frau und Frau Spiller werden auf ihrem Zimmer frühstücken.

Hoffmann. Das ist aber doch noch nie ...

Helene, *das Service zurechtrückend*. Laß nur! Es hat seinen Grund.

Hoffmann. Ach so ... Loth, lang zu ... ein Ei? Tee?

Loth. Könnte ich vielleicht lieber ein Glas Milch bekommen?

Hoffmann. Mit dem größten Vergnügen.

Helene. Eduard! Miele soll frisch einmelken.

Hoffmann *schält ein Ei ab*. Milch – brrr! mich schüttelt's. *Salz und Pfeffer nehmend*. Sag mal, Loth, was führt dich eigentlich in unsre Gegend? Ich hab' bisher ganz vergessen, dich danach zu fragen.

Loth *bestreicht eine Semmel mit Butter*. Ich möchte die hiesigen Verhältnisse studieren.

Hoffmann, *mit einem Aufblick*. Bitte ...? ... Was für Verhältnisse?

Loth. Präzise gesprochen: Ich will die Lage der hiesigen Bergleute studieren.

Hoffmann. Ach, die ist im allgemeinen doch eine sehr gute.

Loth. Glaubst du? – Das wäre ja übrigens recht schön ... Doch eh ich's vergesse: du mußt mir dabei einen Dienst leisten. Du kannst dich um die Volkswirtschaft sehr verdient machen, wenn ...

Hoffmann. Ich? I! wieso ich?

Loth. Nun, du hast doch den Verschleiß der hiesigen Gruben?

Hoffmann. Ja! und was dann?

Loth. Dann wird es dir auch ein leichtes sein, mir die Erlaubnis zur Besichtigung der Gruben auszuwirken. Das heißt: ich will mindestens vier Wochen lang täglich einfahren, damit ich den Betrieb einigermaßen kennenlerne.

Hoffmann, *leichthin*. Was du da unten zu sehen bekommst, willst du dann wohl schildern?

Loth. Ja. Meine Arbeit soll vorzugsweise eine deskriptive werden.

Hoffmann. Das tut mir nun wirklich leid, mit der Sache habe ich gar nichts zu tun. – Du willst bloß über die Bergleute schreiben, wie?

Loth. Aus dieser Frage hört man, daß du kein Volkswirtschaftler bist.

Hoffmann, *in seinem Dünkel gekränkt*. Bitte ***sehr*** um Entschuldigung! Du wirst mir wohl zutrauen ... Warum? Ich sehe nicht ein, wieso man diese Frage nicht tun kann? – und schließlich: es wäre kein Wunder ... Alles kann man nicht wissen.

Loth. Na, beruhige dich nur, die Sache ist einfach die: wenn ich die Lage der hiesigen Bergarbeiter studieren will, so ist es unumgänglich, auch alle die Verhältnisse, welche diese Lage bedingen, zu berühren.

Hoffmann. In solchen Schriften wird mitunter schauderhaft übertrieben.

Loth. Von diesem Fehler gedenke ich mich frei zu halten.

Hoffmann. Das wird sehr löblich sein. *Er hat bereits mehrmals und jetzt wiederum mit einem kurzen und prüfenden Blick Helenen gestreift, die mit naiver Andacht an Loths Lippen hängt, und fährt nun fort*. Doch ... es ist urkomisch, wie einem so was ganz urplötzlich in den Sinn kommt. Wie so etwas im Gehirn nur vor sich gehen mag?

Loth. Was ist dir denn auf einmal in den Sinn gekommen?

Hoffmann. Es betrifft dich. – Ich dachte an deine Ver... nein, es ist am Ende taktlos, in Gegenwart von einer jungen Dame von deinen Herzensgeheimnissen zu reden.

Helene. Ja, dann will ich doch lieber ...

Loth. Bitte sehr, Fräulein! ... ***bleiben*** Sie ruhig, meinetwegen wenigstens – ich merke längst, worauf er hinauswill. Ist auch durchaus nichts Gefährliches. *Zu Hoffmann*. Meine Verlobung, nicht wahr?

Hoffmann. Wenn du selbst darauf kommst, ja! – – Ich dachte in der Tat an deine Verlobung mit Anna Faber.

Loth. Die ging auseinander – naturgemäß – als ich damals ins Gefängnis mußte.

Hoffmann. Das war aber nicht hübsch von deiner ...

Loth. Es war jedenfalls ehrlich von ihr! Ihr Absagebrief enthielt ihr wahres Gesicht; hätte sie mir dies Gesicht früher gezeigt, dann hätte sie sich selbst und auch mir manches ersparen können.

Hoffmann. Und seither hat dein Herz nicht irgendwo festgehakt?

Loth. Nein.

Hoffmann. Natürlich! Nun: Büchse ins Korn geworfen – Heiraten verschworen! verschworen wie den Alkohol! Was? Übrigens: chacun à son goût.

Loth. Mein Geschmack ist es eben nicht, aber vielleicht mein Schicksal. Auch habe ich dir, soviel ich weiß, bereits einmal gesagt, daß ich in bezug auf das Heiraten nichts verschworen habe; was ich fürchte, ist: daß es keine Frau geben wird, die sich für mich eignet.

Hoffmann. Ein großes Wort, Lothchen!

Loth. Im Ernst! – Mag sein, daß man mit den Jahren zu kritisch wird und zu wenig gesunden Instinkt besitzt. Ich halte den Instinkt für die beste Garantie einer geeigneten Wahl.

Hoffmann, *frivol.* Der wird sich schon noch mal wieder finden, – *lachend* – der Instinkt nämlich.

Loth. – Schließlich, was kann ich einer Frau bieten? Ich werde immer mehr zweifelhaft, ob ich einer Frau zumuten darf, mit dem kleinen Teile meiner Persönlichkeit vorliebzunehmen, der nicht meiner Lebensarbeit gehört – dann fürchte ich mich auch vor der Sorge um die Familie.

Hoffmann. Wa... was? – vor der Sorge um die Familie? Kerl! hast du denn nicht Kopf, Arme, he?

Loth. Wie du siehst. Aber ich sagte dir ja schon, meine Arbeitskraft gehört zum größten Teil meiner Lebensaufgabe und wird ihr immer zum größten Teil gehören: sie ist also nicht mehr mein. Ich hätte außerdem mit ganz besonderen Schwierigkeiten ...

Hoffmann. Pst! klingelt da nicht jemand?

Loth. Du hältst das für Phrasengebimmel?

Hoffmann. Ehrlich gesprochen, es klingt etwas hohl! Unsereiner ist schließlich auch kein Buschmann, trotzdem man verheiratet ist. Gewisse Menschen gebärden sich immer, als ob sie ein Privilegium auf alle in der Welt zu vollbringenden guten Taten hätten.

Loth, *heftig.* Gar nicht! – denk' ich gar nicht dran! – Wenn du von deiner Lebensaufgabe nicht abgekommen wärst, so würde das an deiner glücklichen materiellen Lebenslage mit liegen.

Hoffmann, *mit Ironie.* Dann wäre das wohl auch eine deiner Forderungen.

Loth. Wie? Forderungen? was?

Hoffmann. Ich meine: du würdest bei einer Heirat auf Geld sehen.

Loth. Unbedingt.

Hoffmann. Und dann gibt es – wie ich dich kenne – noch eine lange Zaspel anderer Forderungen.

Loth. Sind vorhanden! Leibliche und geistige Gesundheit der Braut zum Beispiel ist conditio sine qua non.

Hoffmann, *lachend.* Vorzüglich, dann wird ja wohl vorher eine ärztliche Untersuchung der Braut notwendig werden! – Göttlicher Hecht!

Loth, *immer ernst.* Ich stelle aber auch an mich Forderungen, mußt du nehmen.

Hoffmann, *immer heiterer.* Ich weiß, weiß! ... wie du mal die Literatur über Liebe durchgingst, um auf das gewissenhafteste festzustellen, ob das, was du damals für irgendeine Dame empfandest, auch wirklich Liebe sei. Also sag doch mal noch einige deiner Forderungen.

Loth. Meine Frau müßte zum Beispiel entsagen können.

Helene. – Wenn ... wenn ... Ach! ich will lieber nicht reden ... ich wollte nur sagen: die Frau ist doch im allgemeinen ans Entsagen gewöhnt.

Loth. Ums Himmels willen! Sie verstehen mich durchaus falsch. So ist das Entsagen nicht gemeint. Nur insofern verlange ich Entsagung, oder besser, nur auf den Teil meines Wesens, der meiner Lebensaufgabe gehört, müßte sie freiwillig und mit Freuden verzichten. Nein, nein! im übrigen soll meine Frau fordern und immer fordern – alles, was ihr Geschlecht im Laufe der Jahrtausende eingebüßt hat.

Hoffmann. Au! au! au! ... Frauenemanzipation! – wirklich, deine Schwenkung war bewunderungswürdig – nun bist du ja im rechten Fahrwasser. Alfred Loth oder der Agitator in der Westentasche! ... Wie würdest du denn hierin deine Forderungen formulieren, oder besser: wie weit müßte deine Frau emanzipiert sein? – Es amüsiert mich wirklich, dich anzuhören – Zigarren rauchen? Hosen tragen?

Loth. Das nun weniger – aber – sie müßte allerdings über gewisse gesellschaftliche Vorurteile hinaus sein. Sie müßte zum Beispiel nicht davor zurückschrecken, zuerst – falls sie nämlich wirklich Liebe zu mir empfände – das bewußte Bekenntnis abzulegen.

Hoffmann *ist mit Frühstücken zu Ende. Springt auf, in halb ernster, halb komischer Entrüstung.* Weißt du! das ... das ist ... eine geradezu ***unverschämte*** Forderung! mit der du allerdings auch – wie ich dir hiermit prophezeie –, wenn du nicht etwa verziehst, sie fallenzulassen, bis an dein Lebensende herumlaufen wirst.

Helene, *mit schwer bewältigter innerer Erregung.* Ich bitte die Herren, mich jetzt zu entschuldigen – die Wirtschaft ... du weißt, Schwager: Mama ist in der Stube, und da ...

Hoffmann. Laß dich nicht abhalten.

Helene verbeugt sich; ab.

Hoffmann, *mit dem Streichholzetui zu dem Zigarrenkistchen, das auf dem Büfett steht, schreitend.* Das muß wahr sein ... Du bringst einen in Hitze ... ordentlich unheimlich. *Nimmt eine Zigarre aus der Kiste und läßt sich dann auf das Sofa links vorn nieder. Er schneidet die Spitze der Zigarre ab und hält während des Folgenden die Zigarre in der linken, das abgetrennte Spitzchen zwischen den Fingern der rechten Hand.* Bei alledem ... es amüsiert doch. Und dann: Du glaubst nicht, wie wohl es tut, so'n paar Tage auf dem Lande, abseit von den Geschäften, zuzubringen. Wenn nur nicht heute dies verwünschte ... wie spät ist es denn eigentlich? Ich muß nämlich leider Gottes heute zu einem Essen nach der Stadt. – Es war unumgänglich: dies Diner mußte ich geben. Was soll man machen, als Geschäftsmann? – Eine Hand wäscht die andere. Die Bergbeamten sind nun mal dran gewöhnt. – Na! eine Zigarre kann man noch rauchen – in aller Gemütsruhe. *Er trägt das Spitzchen nach dem Spucknapf, läßt sich dann abermals auf dem Sofa nieder und setzt seine Zigarre in Brand.*

Loth, *am Tisch; blättert stehend in einem Prachtwerk.* "Die Abenteuer des Grafen Sandor."

Hoffmann. Diesen Unsinn findest du hier bei den meisten Bauern aufliegen.

Loth, *unter dem Blättern.* Wie alt ist eigentlich deine Schwägerin?

Hoffmann. Im August einundzwanzig gewesen.

Loth. Ist sie leidend?

Hoffmann. Weiß nicht. – Glaube übrigens nicht – macht sie dir den Eindruck? –

Loth. Sie sieht allerdings mehr verhärmt als krank aus.

Hoffmann. Naja! die Scherereien mit der Stiefmutter ...

Loth. Auch ziemlich reizbar scheint sie zu sein!?

Hoffmann. Unter solchen Verhältnissen ... Ich möchte den sehen, der unter solchen Verhältnissen nicht reizbar werden würde ...

Loth. Viel Energie scheint sie zu besitzen.

Hoffmann. Eigensinn!

Loth. Auch Gemüt, nicht?

Hoffmann. Zu viel mitunter ...

Loth. Wenn die Verhältnisse hier so mißlich für sie sind – warum lebt deine Schwägerin dann nicht in ***deiner*** Familie?

Hoffmann. Frag sie, warum! – Oft genug hab' ich's ihr angeboten. Frauenzimmer haben eben ihre Schrullen. *Die Zigarre im Munde, zieht Hoffmann ein Notizbuch und summiert einige Posten.* Du nimmst es mir doch wohl nicht übel, wenn ich ... wenn ich dich dann allein lassen muß?

Loth. Nein, gar nicht.

Hoffmann. Wie lange gedenkst du denn noch ...?

Loth. Ich werde mir bald nachher eine Wohnung suchen. Wo wohnt denn eigentlich Schimmelpfennig? Am besten, ich gehe zu ihm, der wird mir gewiß etwas vermitteln können. Hoffentlich findet sich bald etwas Geeignetes, sonst würde ich die nächste Nacht im Gasthaus nebenan zubringen.

Hoffmann. Wieso denn? Natürlich bleibst du dann bis morgen bei uns. Freilich, ich bin selbst nur Gast in diesem Hause – sonst würde ich dich natürlich auffordern ... du begreifst ...!

Loth. Vollkommen! ...

Hoffmann. Aber, sag doch mal – sollte das wirklich dein Ernst gewesen sein ...?

Loth. Daß ich die nächste Nacht im Gast ...?

Hoffmann. Unsinn! ... Bewahre. Was du vorhin sagtest, meine ich. Die Geschichte da – mit deiner vertrackten deskriptiven Arbeit?

Loth. Weshalb nicht?

Hoffmann. Ich muß dir gestehen, ich hielt es für Scherz. *Er erhebt sich, vertraulich, halb und halb im Scherz.* Wie? du solltest wirklich fähig sein, hier ... gerade hier, wo ein Freund von dir glücklich festen Fuß gefaßt hat, den Boden zu unterwühlen?

Loth. Mein Ehrenwort, Hoffmann! Ich hatte keine Ahnung davon, daß du dich hier befändest. Hätte ich das gewußt ...

Hoffmann *springt auf, hocherfreut.* Schon gut! schon gut! Wenn die Sachen so liegen ... siehst du, das freut mich ***aufrichtig***, daß ich mich nicht in dir getäuscht habe. Also, du weißt es nun, und selbstredend erhältst du die Kosten der Reise und alles, was drum und dran baumelt, von mir vergütet. Ziere dich nicht! Es ist einfach meine Freundespflicht ... Daran erkenne ich meinen alten, biederen Loth! Denke mal an: ich hatte dich wirklich eine Zeitlang ernstlich im Verdacht ... Aber nun muß ich dir auch ehrlich sagen, so schlecht, wie ich mich zuweilen hinstelle, bin ich keineswegs. Ich habe dich immer hochgeschätzt: dich und dein ehrliches, konsequentes Streben. Ich bin der letzte, der gewisse – leider, leider mehr als berechtigte Ansprüche der ausgebeuteten, unterdrückten Massen nicht gelten läßt. – Ja, lächle nur, ich gehe sogar so weit, zu bekennen, daß es im Reichstag nur ***eine*** Partei gibt, die Ideale hat: und das ist dieselbe, der du angehörst! ... Nur – wie gesagt – langsam!

langsam! – nichts überstürzen. Es kommt alles, kommt alles, wie es kommen soll. Nur Geduld! Geduld! ...

Loth. Geduld muß man allerdings haben. Deshalb aber ist man noch nicht berechtigt, die Hände in den Schoß zu legen!

Hoffmann. Ganz meine Ansicht! – Ich hab' dir überhaupt in Gedanken weit öfter zugestimmt als mit Worten. Es ist 'ne Unsitte, ich geb's zu. Ich hab' mir's angewöhnt, im Verkehr mit Leuten, die ich nicht gern in meine Karten sehen lasse ... Auch in der Frauenfrage ... du hast manches sehr treffend geäußert. *Er ist inzwischen ans Telefon getreten, weckt und spricht teils ins Telefon, teils zu Loth*. Die kleine Schwägerin war übrigens ganz Ohr ... *Ins Telefon*. Franz! In zehn Minuten muß angespannt sein ... *Zu Loth*. Es hat ihr Eindruck gemacht ... *Ins Telefon*. Was? – ach was, Unsinn! – Na, da hört doch aber ... Dann schirren Sie schleunigst die Rappen an ... *Zu Loth*. Warum sollte es ihr keinen Eindruck machen? ... *Ins Telefon*. Gerechter Strohsack, zur Putzmacherin, sagen Sie? Die gnädige Frau ... die gnä... Ja – na ja! aber sofort – na ja! – ja! – schön! Schluß! *Nachdem er darauf den Knopf der Hausklingel gedrückt, zu Loth*. Wart nur ab, du! Laß mich nur erst den entsprechenden Monetenberg aufgeschichtet haben, vielleicht geschieht dann etwas ... *Eduard ist eingetreten*. Eduard! Meine Gamaschen, meinen Gehrock! *Eduard ab*. Vielleicht geschieht dann etwas, was ihr mir alle jetzt nicht zutraut ... Wenn du in zwei oder drei Tagen – bis dahin wohnst du unbedingt bei uns – ich müßte es sonst als eine grobe Beleidigung ansehen, – *er legt den Schlafrock ab* – in zwei bis drei Tagen also, wenn du abzureisen gedenkst, bringe ich dich mit meiner Kutsche zur Bahn. *Eduard mit Gehrock und Gamaschen tritt ein. Hoffmann, indem er sich den Rock überziehen läßt*. So! *Auf einen Stuhl niedersitzend*. Nun die Stiefel! *Nachdem er einen derselben angezogen*. Das wäre einer!

Loth. Du hast mich doch wohl nicht ganz verstanden.

Hoffmann. Ach ja! das ist leicht möglich. Man ist so raus aus all den Sachen. Nur immer lederne Geschäftsangelegenheiten. Eduard! ist denn noch keine Post gekommen? Warten Sie mal! – Gehen Sie doch mal in mein Zimmer! Auf dem Pult links liegt ein Schriftstück mit blauem Deckel, bringen Sie's raus in die Wagentasche. *Eduard ab in die Tür rechts, dann zurück und ab durch die Mitteltür.*

Loth. Ich meine ja nur: du hast mich in ***einer Beziehung*** nicht verstanden.

Hoffmann, *sich immer noch mit dem zweiten Schuh herumquälend.* Upsa! ... So! *Er steht auf und tritt die Schuhe ein.* Da wären wir. Nichts ist unangenehmer als enge Schuhe ... Was meintest du eben?

Loth. Du sprachst von meiner Abreise ...

Hoffmann. Nun?

Loth. Ich habe dir doch bereits gesagt, daß ich um eines ganz bestimmten Zweckes willen hier am Ort bleiben muß.

Hoffmann, *aufs äußerste verblüfft und entrüstet zugleich.* Hör mal ...! Das ist aber beinahe ***nichts***würdig! – Weißt du denn nicht, was du mir als Freund schuldest?

Loth. Doch wohl nicht den Verrat meiner Sache!?

Hoffmann, *außer sich.* Nun, dann ... dann habe ich auch nicht die kleinste Veranlassung, dir gegenüber als Freund zu verfahren. Ich sage dir also: daß ich dein Auftreten hier – gelinde gesprochen – für ***fabelhaft*** dreist halte.

Loth, *sehr ruhig.* Vielleicht erklärst du mir, was dich berechtigt, mich mit dergleichen Epitheta ...

Hoffmann. Das soll ich dir auch noch erklären? Da hört eben ***Verschiedenes*** auf! Um so was nicht zu fühlen, muß man Rhinozeroshaut auf dem Leibe haben! Du kommst hierher, genießt meine Gastfreundschaft, drischst mir ein paar Schock deiner abgegriffnen Phrasen vor, verdrehst meiner Schwägerin den Kopf, schwatzest von alter Freundschaft und so was Guts, und dann erzählst du ganz naiv: du wolltest eine deskriptive Arbeit über hiesige Verhältnisse verfertigen. Ja, für was ***hältst*** du mich denn eigentlich?

Meinst du vielleicht, ich wüßte nicht, daß solche sogenannte Arbeiten nichts als schamlose Pamphlete sind? ... Solch eine Schmähschrift willst du schreiben, und zwar über unseren Kohlendistrikt. Solltest du denn wirklich nicht begreifen, wen diese Schmähschrift am allerschärfsten schädigen müßte? Doch nur ***mich***! – Ich sage: man sollte euch das Handwerk noch gründlicher legen, als es bisher geschehen ist, Volksverführer! die ihr seid. Was tut ihr? Ihr macht den Bergmann unzufrieden, anspruchsvoll, reizt ihn auf, erbittert ihn, macht ihn aufsässig, ungehorsam, unglücklich, spiegelt ihm goldene Berge vor und grapscht ihm unter der Hand seine paar Hungerpfennige aus der Tasche.

Loth. Erachtest du dich nun als demaskiert?

Hoffmann, *roh*. Ach was! Du lächerlicher, gespreizter Tugendmeier! Was mir das wohl ausmacht, vor dir demaskiert zu sein! – Arbeite lieber! Laß deine albernen Faseleien! – Tu was! Komm zu was! Ich brauche niemand um zweihundert Mark anzupumpen. *Schnell ab durch die Mitteltür.*

Loth sieht ihm einige Augenblicke ruhig nach, dann greift er, nicht minder ruhig, in seine Brusttasche, zieht ein Portefeuille und entnimmt ihm ein Stück Papier (den Scheck Hoffmanns), das er mehrmals durchreißt, um die Schnitzel dann langsam in den Kohlenkasten fallen zu lassen. Hierauf nimmt er Hut und Stock und wendet sich zum Gehen. Jetzt erscheint Helene auf der Schwelle des Wintergartens.

Helene, *leise*. Herr Loth!

Loth *zuckt zusammen, wendet sich*. Ah! Sie sind es. – Nun – dann – kann ich ***Ihnen*** doch wenigstens ein Lebewohl sagen.

Helene, *unwillkürlich*. War Ihnen das Bedürfnis?

Loth. Ja! – es war mir Bedürfnis –! Vermutlich – wenn Sie dadrin gewesen sind – haben Sie den Auftritt hier mit angehört – und dann ...

Helene. Ich habe alles mit angehört.

Loth. Nun – dann – wird es Sie nicht in Erstaunen setzen, wenn ich dieses Haus so ohne Sang und Klang verlasse.

Helene. N-nein! – ich begreife –! ... Vielleicht kann's Sie milder gegen ihn stimmen ... mein Schwager bereut immer sehr schnell. Ich hab's oft ...

Loth. Ganz möglich –! Vielleicht gerade deshalb aber ist das, was er über mich sagte, seine wahre Meinung von mir. – Es ist sogar unbedingt seine wahre Meinung.

Helene. Glauben Sie das im Ernst?

Loth. Ja! – im Ernst! Also ... – *er geht auf sie zu und gibt ihr die Hand* – leben Sie recht glücklich! *Er wendet sich und steht sogleich wieder still*. Ich weiß nicht ..! oder besser: – *Helenen klar und ruhig ins Gesicht blickend* – ich weiß, weiß erst seit ... seit diesem Augenblick, daß es mir nicht ganz leicht ist, von hier fortzugehen ... und ... ja ... und ... na ja!

Helene. Wenn ich Sie aber – recht schön bäte ... recht sehr ... noch weiter hierzubleiben –?

Loth. Sie teilen also nicht die Meinung Ihres Schwagers?

Helene. Nein! – und das – wollte ich Ihnen unbedingt ... unbedingt noch sagen, bevor ... bevor – Sie – gingen.

Loth *ergreift abermals ihre Hand*. Das tut mir ***wirklich*** wohl.

Helene, *mit sich kämpfend. In einer sich schnell bis zur Bewußtlosigkeit steigernden Erregung. Mühsam hervorstammelnd*. Auch noch mehr w-ollte ich Ihnen ... Ihnen sagen, nämlich ... näm-lich: daß – ich Sie sehr hoch – achte und – verehre – wie ich bis jetzt ... bis jetzt noch – keinen Mann ... daß ich Ihnen – vertraue – daß ich be-reit bin, das ... das zu beweisen – daß ich – etwas für – dich, Sie fühle ... *Sinkt ohnmächtig in seine Arme*.

Loth. Helene!

Vierter Akt

Wie im zweiten Akt: der Gutshof. Zeit: eine Viertelstunde nach Helenens Liebeserklärung.

Marie und Golisch, der Kuhjunge, schleppen sich mit einer hölzernen Lade die Bodentreppe herunter. Loth kommt reisefertig aus dem Hause und geht langsam und nachdenklich quer über den Hof. Bevor er in den Wirtshaussteg einbiegt, stößt er auf Hoffmann, der mit ziemlicher Eile durch den Hofeingang ihm entgegenkommt.

Hoffmann, *Zylinder, Glacéhandschuhe.* Sei mir nicht böse. *Er verstellt Loth den Weg und faßt seine beiden Hände.* Ich nehme hiermit alles zurück! ... Nenne mir eine Genugtuung! ... Ich bin zu jeder Genugtuung bereit! ... Ich bereue, bereue alles aufrichtig.

Loth. Das hilft dir und mir wenig.

Hoffmann. Ach! – wenn du doch ... sieh mal ...! mehr kann man doch eigentlich nicht tun. – – Ich sage dir: mein Gewissen hat mir keine Ruhe gelassen. Dicht vor Jauer bin ich umgekehrt ... daran solltest du doch schon erkennen, daß es mir Ernst ist. – Wo wolltest du hin ...?

Loth. Ins Wirtshaus – einstweilen.

Hoffmann. Ach, das darfst du mir nicht antun ...! das tu mir nur nicht an! Ich glaube ja, daß es dich tief kränken mußte, 's ist ja auch vielleicht nicht so – mit ein paar Worten wiedergutzumachen. Nur nimm mir nicht jede Gelegenheit ... jede Möglichkeit, dir zu beweisen ... hörst du? Kehr um! ... Bleib wenigstens bis ... bis morgen. Oder bis ... bis ich zurückkomme. Ich muß mich noch einmal in Muße mit dir aussprechen darüber; – das kannst du mir nicht abschlagen.

Loth. Wenn dir daran besonders viel gelegen ist ...

Hoffmann. Alles! ... auf Ehre! – ist mir daran gelegen, alles! ... Also komm! ... komm!! Kneif ja nicht aus! – komm! *Er führt Loth, der sich nun nicht mehr sträubt, in das Haus zurück. Beide ab.*

Die entlassene Magd und der Kuhjunge haben inzwischen die Lade auf den Schubkarren gesetzt, Golisch hat die Traggurte umgenommen.

Marie, *während sie Golisch etwas in die Hand drückt*. Doo! Gooschla! hust a woas!

Der Junge *weist es ab.* Behaal denn Biehma!

Marie. Ä! tumme Dare!

Der Junge. Na, wegen menner. *Er nimmt das Geld und tut es in seinen ledernen Geldbeutel.*

Frau Spiller, *von einem der Wohnhausfenster aus, ruft.* Marie!

Marie. Woas wullt er noo?

Frau Spiller, *nach einer Minute aus der Haustür tretend.* Die gnädige Frau will dich behalten, wenn du versprichst ...

Marie. Dreck war ich er versprecha! – Foahr zu, Goosch!

Frau Spiller, *näher tretend.* Die gnädige Frau will dir auch etwas am Lohn zulegen, wenn du ... *Plötzlich flüsternd.* Mach der nischt draus, Moad! se werd ock manchmal so'n bißken kullerig.

Marie, *wütend.* Se maag siich ihre poar Greschla fer siich behaaln! – *Weinerlich.* Ehnder derhingern! *Sie folgt Golisch, der mit dem Schubkarren vorangefahren ist.* Nee, asu woas oaber oo! – Do sool eens do glei ... *Ab. Frau Spiller ihr nach. Ab.*

Durch den Haupteingang kommt Baer, genannt Hopslabaer. Ein langer Mensch mit einem Geierhalse und Kropfe dran. Er geht barfuß und ohne Kopfbedeckung; die Beinkleider reichen, unten stark ausgefranst, bis wenig unter die Knie herab. Er hat eine Glatze; das vorhandene braune, verstaubte und verklebte Haar reicht ihm bis über die Schulter. Sein Gang ist straußenartig. An einer Schnur führt er ein Kinderwägelchen voll Sand mit sich. Sein Gesicht ist bartlos, die ganze Erscheinung deutet auf einen einige Zwanzig alten, verwahrlosten Bauernburschen.

Baer, *mit merkwürdig blökender Stimme.* Saaa–a–and! Saa–and!

Er geht durch den Hof und verschwindet zwischen Wohnhaus und Stallgebäude. Hoffmann und Helene aus dem Wohnhaus. Helene sieht bleich aus und trägt ein leeres Wasserglas in der Hand.

Hoffmann, *zu Helene.* Unterhalt ihn bissel! verstehst du? – Laß ihn nicht fort – es liegt mir sehr viel daran. – So'n beleidigter Ehrgeiz ... Adieu! – Ach! Soll ich am Ende nicht fahren? – Wie geht's mit Martha? – Ich hab' so'n eigentümliches Gefühl, als ob's bald ... Unsinn! – Adieu! ... höchste Eile. *Ruft.* Franz! Was die Pferde laufen können! *Schnell ab durch den Haupteingang.*

Helene geht zur Pumpe, pumpt das leere Glas voll und leert es auf einen Zug. Ein zweites Glas Wasser leert sie zur Hälfte. Das Glas setzt sie dann auf das Pumpenrohr und schlendert langsam, von Zeit zu Zeit rückwärts schauend, durch den Torweg hinaus. Baer kommt zwischen Wohnhaus und Stallung hervor und hält mit seinem Wagen vor der Wohnhaustür still, wo Miele ihm Sand abnimmt. Indes ist Kahl von rechts innerhalb des Grenzzaunes sichtbar geworden, im Gespräch mit Frau Spiller, die außerhalb des Zaunes, also auf dem Terrain des Hofeingangs, sich befindet. Beide bewegen sich im Gespräch langsam längs des Zaunes hin.

Frau Spiller, *leidend.* Ach ja -m-, gnädiger Herr Kahl! Ich hab' -m- manchmal so an Sie -m- gedacht -m-, wenn ... wenn das gnädige Freilein ... sie ist doch nun mal -m- sozusagen -m- mit Sie verlobt, und da ... ach! -m- zu meiner Zeit ...!

Kahl *steigt auf die Bank unter der Eiche und befestigt einen Meisenkasten auf dem untersten Ast.* W... wenn werd denn d...dd...doas D...d...d...dukterluder amol sssenner W...wwwege giehn? hä?

Frau Spiller. Ach, Herr Kahl! ich glaube -m-, nicht so bald. – A ... ach, Herr -m- Kahl, ich bin zwar sozusagen -m- etwas -m- herabjekommen, aber ich weiß sozusagen -m-, was Bildung ist. In dieser Hinsicht, Herr Kahl ... das Freilein -m -, das gnädige Freilein ... das handeln nicht gut gegen Ihnen, – nein! -m- darin, sozusagen -m- habe ich mir nie etwas zuschulden kommen lassen -m-, mein Gewissen -m-, gnädiger Herr Kahl, ist darin so rein ... sozusagen, wie reiner Schnee.

Baer hat sein Sandgeschäft abgewickelt und verläßt in diesem Augenblick, an Kahl vorübergehend, den Hof.

Kahl *entdeckt Baer und ruft.* Hopslabaer, hops amool! *Baer macht einen riesigen Luftsprung. Kahl, vor Lachen wiehernd, ruft ein zweites Mal.* Hopslabaer, hops amool!

Frau Spiller. Nun da -m- ja, Herr Kahl! ... ich meine es nur gut mit Sie. Sie müssen Obacht geben -m-, gnädiger Herr! Es -m-, es ist was im Gange mit dem gnädigen Fräulein und -m-m-

Kahl. D... doas Dukterluder ... ock bbbblußig emool vor a Hunden – blußig e...e...e...emool!

Frau Spiller, *geheimnisvoll.* Und was das nun noch -m- für ein Indifidium ist. Ach -m- das gnädige Freilein tut mir auch **soo** leid. Die Frau -m- vom Polizeidiener, die hat's vom Amte, glaub' ich. Es soll ein ganz -m- gefährlicher Mensch sein. Ihr Mann -m- soll ihn sozusagen -m-, denken Sie nur, soll ihn -m- geradezu im Auge behalten. *Loth aus dem Hause. Sieht sich um.* Sehn Sie, nun jeht er dem gnädigen Freilein nach -m-. Aa ... ach, **zuu** leid tut es einem.

Kahl. Na wart! Ab.

Frau Spiller geht nach der Haustüre. Als sie an Loth vorbeikommt, macht sie eine tiefe Verbeugung. Ab in das Haus.

Loth langsam durch den Torweg ab. Die Kutschenfrau, eine magere, abgehärmte und ausgehungerte Frauensperson, kommt zwischen Stallgebäude und Wohnhaus hervor. Sie trägt einen großen Topf unter ihrer Schürze versteckt und schleicht damit, sich überall ängstlich umblickend, nach dem Kuhstall. Ab in die Kuhstalltür. Die beiden Mägde, jede eine Schubkarre, hoch mit Klee beladen, vor sich herstoßend, kommen durch den Torweg herein. Beibst, die Sense über der Schulter, die kurze Pfeife im Munde, folgt ihnen nach. Liese hat ihre Schubkarre vor die linke, Auguste vor die rechte Stalltür gefahren, und beide Mädchen beginnen große Arme voll Klee in den Stall hineinzuschaffen.

Liese, *leer aus dem Stalle herauskommend*. Du, Guste! de Marie iis furt.

Auguste. Joa wull doch?!

Liese. Gieh nei! freu die Kutscha-Franzen, se milkt er an Truppen Milch ei.

Beibst *hängt seine Sense an der Wand auf.* Na! doa lußt ock de Spillern nee ernt derzunekumma.

Auguste. O jechtich! nee ock nee! beileibe nich!

Liese. Asu a oarm Weib miit achta.

Auguste. Acht kleene Bälge! – die wulln laba.

Liese. Nee amool an Truppen Milch tun s' er ginn'n ... meschant iis doas.

Auguste. Wu milkt se denn?

Liese. Ganz derhinga, de neumalke Fenus!

Beibst *stopft seine Pfeife; den Tabaksbeutel mit den Zähnen festhaltend, nuschelt er*. De Marie wär' weg?

Liese. Ju, ju, 's iis fer gewiß! – der Pfaarknecht hot glee bei ner geschloofa.

Beibst, *den Tabaksbeutel in die Tasche steckend*. Amool wiil jedes! – au de Frau. *Er zündet sich die Pfeife an, darauf durch den Haupteingang ab. Im Abgehen.* Ich gieh' a wing friehsticka!

Die Kutschenfrau, *den Topf voll Milch vorsichtig unter der Schürze, guckt aus der Stalltür heraus.* Sitt ma jemanda?

Liese. Koanst kumma, Kutschen, ma sitt kenn. Kumm! kumm schnell!

Die Kutschenfrau, *im Vorübergehen zu den Mägden.* Ock fersch Pappekindla.

Liese, *ihr nachrufend.* Schnell! 's kimmt jemand. *Kutschenfrau zwischen Wohnhaus und Stallung ab.*

Auguste. Blußig ock inse Frele.

Die Mägde räumen nun weiter die Schubkarren ab und schieben sie, wenn sie leer sind, unter den Torweg, hierauf beide ab in den Kuhstall. Loth und Helene kommen zum Torweg herein.

Loth. Widerlicher Mensch! dieser Kahl – frecher Spion!

Helene. In der Laube vorn, glaub' ich ... *Sie gehen durch das Pförtchen in das Gartenstückchen links vorn und in die Laube daselbst.* Es ist mein Lieblingsplatz. – Hier bin ich noch am ungestörtesten, wenn ich mal was lesen will.

Loth. Ein hübscher Platz hier. – Wirklich! *Beide setzen sich, ein wenig voneinander getrennt, in der Laube nieder. Schweigen. Darauf Loth.* Sie haben so sehr schönes und reiches Haar, Fräulein!

Helene. Ach ja, mein Schwager sagt das auch. Er meinte, er hätte es kaum so gesehen – auch in der Stadt nicht ... Der Zopf ist oben so dick wie mein Handgelenk ... Wenn ich es losmache, dann reicht es mir bis zu den Knien. Fühlen Sie mal –! Es fühlt sich wie Seide an, gelt?

Loth. Ganz wie Seide. *Ein Zittern durchläuft ihn, er beugt sich und küßt das Haar.*

Helene, *erschreckt.* Ach nicht doch! Wenn ...

Loth. Helene –! War das vorhin nicht dein Ernst?

Helene. Ach! – ich schäme mich so schrecklich. Was habe ich nur gemacht? – Dir ... Ihnen an den Hals geworfen habe ich mich. – Für was müssen Sie mich halten ...!

Loth *rückt ihr näher, nimmt ihre Hand in die seine.* Wenn Sie sich doch darüber beruhigen wollten!

Helene, *seufzend.* Ach, das müßte Schwester Schmittgen wissen ... ich sehe gar nicht hin!

Loth. Wer ist Schwester Schmittgen?

Helene. Eine Lehrerin aus der Pension.

Loth. Wie können Sie sich nur über Schwester Schmittgen Gedanken machen!

Helene. Sie war sehr gut ...! *Sie lacht plötzlich heftig in sich hinein.*

Loth. Warum lachst du denn so auf einmal?

Helene, *zwischen Pietät und Laune*. Ach! ... Wenn sie auf dem Chor stand und sang ... Sie hatte nur noch einen einzigen, langen Zahn ... da sollte es immer heißen: Tröste, tröste mein Volk! und es kam immer heraus: Röste, röste mein Volk! Das war zu drollig ... da mußten wir immer so lachen ... wenn sie so durch den Saal ... röste! röste! *Sie kann sich vor Lachen nicht lassen, Loth ist von ihrer Heiterkeit angesteckt. Sie kommt ihm dabei so lieblich vor, daß er den Augenblick benutzen will, den Arm um sie zu legen. Helene wehrt es ab*. Ach nein doch ...! Ich habe mich dir ... Ihnen an den Hals geworfen.

Loth. Ach! sagen Sie doch nicht so etwas.

Helene. Aber ich bin nicht schuld, Sie haben sich's selbst zuzuschreiben. Warum verlangen Sie ...

Loth legt nochmals seinen Arm um sie, zieht sie fester an sich. Anfangs sträubt sie sich ein wenig, dann gibt sie sich drein und blickt nun mit freier Glückseligkeit in Loths glücktrunkenes Gesicht, das sich über das ihre beugt. Unversehens, aus einer gewissen Schüchternheit heraus, küßt sie ihn zuerst auf den Mund. Beide werden rot, dann gibt Loth ihr den Kuß zurück; lang, innig, fest drückt sich sein Mund auf den ihren. Ein Geben und Nehmen von Küssen ist eine Zeit hindurch die einzige Unterhaltung – stumm und beredt zugleich – der beiden. Loth spricht dann zuerst.

Loth. Lene, nicht? Lene heißt du hier so?

Helene *küßt ihn*. Nenn mich anders ... Nenne mich, wie du gern möcht'st.

Loth. Liebste! ...

Das Spiel mit dem Küssetauschen und Sich-gegenseitig-Betrachten wiederholt sich.

Helene, *von Loths Armen fest umschlungen, ihren Kopf an seiner Brust, mit verschleierten, glückseligen Augen, flüstert im Überschwang*. Ach! – wie schön! ***Wie*** schön! –

Loth. So mit dir sterben!

Helene, *mit Inbrunst*. Leben! ... *Sie löst sich aus seinen Armen*. Warum denn jetzt sterben? ... jetzt ...

Loth. Das mußt du nicht falsch auffassen. Von jeher berausche ich mich ... besonders in glücklichen Momenten berausche ich mich in dem Bewußtsein, es in der Hand zu haben, weißt du!

Helene. Den Tod in der Hand zu haben?

Loth, *ohne jede Sentimentalität.* Ja! und so hat er gar nichts Grausiges, im Gegenteil, so etwas Freundschaftliches hat er für mich. Man ruft und weiß bestimmt, daß er kommt. Man kann sich dadurch über alles mögliche hinwegheben, Vergangenes – und Zukünftiges ... *Helenens Hand betrachtend.* Du hast eine so wunderhübsche Hand. *Er streichelt sie.*

Helene. Ach ja! – so ... *Sie drückt sich aufs neue in seine Arme.*

Loth. Nein, weißt du! ich hab' nicht gelebt! ... bisher nicht!

Helene. Denkst du, ich? ... Mir ist fast taumlig ... taumelig bin ich vor Glück. Gott! wie ist das – nur so auf einmal ...

Loth. Ja, so auf ***ein- mal*** ...

Helene. Hör mal! so ist mir: die ganze Zeit meines Lebens – ein Tag! – gestern und heut – ein Jahr! gelt?

Loth. Erst gestern bin ich gekommen?

Helene. Ganz gewiß! – eben! – natürlich! ... Ach, ach! du weißt es nicht mal!

Loth. Es kommt mir wahrhaftig auch vor ...

Helene. Nicht –? Wie'n ganzes geschlagnes Jahr! – Nicht –? *Halb aufspringend.* Wart ...! – Kommt – da nicht ... *Sie rücken auseinander.* Ach! es ist mir auch – egal. Ich bin jetzt – so mutig. *Sie bleibt sitzen und muntert Loth mit einem Blick auf, näherzurücken, was dieser sogleich tut.*

Helene, *in Loths Armen.* Du! – Was tun wir denn nu zuerst?

Loth. Deine Stiefmutter würde mich wohl – abweisen.

Helene. Ach, meine Stiefmutter ... das wird wohl gar nicht ... gar nichts geht's die an! Ich mache, was ich will ... Ich hab' mein mütterliches Erbteil, mußt du wissen.

Loth. Deshalb meinst du ...

Helene. Ich bin majorenn, Vater muß mir's auszahlen.

Loth. Du stehst wohl nicht gut – mit allen hier? – Wohin ist denn dein Vater verreist?

Helene. Verr... Du hast ...? Ach, du hast Vater noch nicht gesehen?

Loth. Nein! Hoffmann sagte mir ...

Helene. ***Doch***! ... hast du ihn schon einmal gesehen.

Loth. Ich wüßte nicht! ... Wo denn, Liebste?

Helene. Ich ... *Sie bricht in Tränen aus.* Nein, ich kann – kann dir's noch nicht sagen ... zu furchtbar schrecklich ist das.

Loth. Furchtbar schrecklich? Aber Helene! ist denn deinem Vater etwas ...

Helene. Ach! – frag mich nicht! jetzt nicht! später!

Loth. Was du mir nicht freiwillig sagen willst, danach werde ich dich auch gewiß nicht mehr fragen ... Sieh mal, was das Geld anlangt ... im schlimmsten Falle ... ich verdiene ja mit dem Artikelschreiben nicht gerade überflüssig viel, aber ich denke, es müßte am Ende für uns beide ganz leidlich hinreichen.

Helene. Und ich würde doch auch nicht müßig sein. Aber besser ist besser. Das Erbteil ist vollauf genug. – Und du sollst deine Aufgabe ... nein, die sollst du unter keiner Bedingung aufgeben, jetzt erst recht ...! jetzt sollst du erst recht die Hände freibekommen.

Loth, *sie innig küssend.* Liebes, edles Geschöpf! ...

Helene. Hast du mich wirklich lieb ...? ... Wirklich? ... wirklich?

Loth. Wirklich.

Helene. Sag hundertmal wirklich!

Loth. Wirklich, wirklich und wahrhaftig.

Helene. Ach, weißt du! du schummelst!

Loth. Das Wahrhaftig gilt hundert Wirklich.

Helene. Soo!? wohl in Berlin?

Loth. Nein, eben in Witzdorf.

Helene. Ach, du! ... Sieh meinen kleinen Finger an und lache nicht.

Loth. Gern.

Helene. Hast du au-ßer dei-ner er-sten Braut noch andere ge ...? Du! du lachst.

Loth. Ich will dir was im Ernst sagen, Liebste, ich halte es für meine Pflicht ... Ich habe mit einer großen Anzahl Frauen ...

Helene, *schnell und heftig auffahrend, drückt ihm den Mund zu.* Um Gott ...! sag mir das einmal – später – wenn wir alt sind ... nach Jahren – wenn ich dir sagen werde: jetzt – hörst du! nicht eher.

Loth. Gut! wie du willst.

Helene. Lieber was Schönes jetzt! ... Paß auf: sprich mir mal das nach!

Loth. Was?

Helene. Ich hab' dich ...

Loth. „Ich hab' dich ...“

Helene. ... und nur immer dich ...

Loth. „... und nur immer dich ...“

Helene. ... geliebt – geliebt zeit meines Lebens ...

Loth. „... geliebt – geliebt zeit meines Lebens ...“

Helene. ... und werde nur dich allein zeit meines Lebens lieben.

Loth. „... und werde nur dich allein zeit meines Lebens lieben“, und das ist wahr, so wahr ich ein ehrlicher Mann bin.

Helene, *freudig.* Das hab' ich nicht gesagt.

Loth. Aber ich. *Küsse.*

Helene *summt ganz leise.* “Du, du liegst mir im Her-zen ...“

Loth. Jetzt sollst du auch beichten.

Helene. Alles, was du willst.

Loth. Beichte! Bin ich der erste?

Helene. Nein.

Loth. Wer?

Helene, *übermütig herauslachend.* Koahl Willem!

Loth, *lachend.* Wer noch?

Helene. Ach nein! weiter ist es wirklich keiner. Du mußt mir glauben ... Wirklich nicht. Warum sollte ich denn lügen ...?

Loth. Also doch noch jemand?

Helene, *heftig.* Bitte, bitte, bitte, bitte, frag mich jetzt nicht darum. *Versteckt das Gesicht in den Händen, weint scheinbar ganz unvermittelt.*

Loth. Aber ... aber Lenchen! ich dringe ja durchaus nicht in dich.

Helene. Später! alles, alles später.

Loth. Wie gesagt, Liebste ...

Helene. 's war jemand – mußt du wissen – den ich ... weil ... weil er unter Schlechten mir weniger schlecht vorkam. Jetzt ist das ganz anders. *Weinend an Loths Halse, stürmisch.* Ach, wenn ich doch gar nicht mehr von dir fortmüßte! Am liebsten ginge ich gleich auf der Stelle mit dir.

Loth. Du hast es wohl sehr schlimm hier im Hause?

Helene. Ach, du! – Es ist ganz entsetzlich, wie es hier zugeht; ein Leben wie – das ... wie das liebe Vieh – ich wäre darin umgekommen ohne dich – mich schaudert's!

Loth. Ich glaube, es würde dich beruhigen, wenn du mir alles offen sagtest, Liebste!

Helene. Ja freilich! aber – ich bring's nicht über mich. Jetzt nicht ... jetzt noch nicht! – Ich fürcht' mich förmlich.

Loth. Du warst in der Pension?!

Helene. Die Mutter hat es bestimmt – auf dem Sterbebett noch.

Loth. Auch deine Schwester war ...?

Helene. Nein! – die war immer zu Hause ... Und als ich dann nun vor vier Jahren wiederkam, da fand ich – einen Vater – der ... eine Stiefmutter – die ... eine Schwester ... Rat mal, was ich meine!

Loth. Deine Stiefmutter ist zänkisch. – Nicht? – Vielleicht eifersüchtig? – lieblos?

Helene. Der Vater ...?

Loth. Nun! – der wird aller Wahrscheinlichkeit nach in ihr Horn blasen. – Tyrannisiert sie ihn vielleicht?

Helene. Wenn's ***weiter*** nichts wär' ... Nein! ... es ist zu entsetzlich! – Du kannst nicht darauf kommen – daß ... daß der – mein Vater ... daß es mein Vater war – den – du ...

Loth. Weine nur nicht, Lenchen! ... siehst du – nun möcht' ich beinah ernstlich darauf dringen, daß du mir ...

Helene. Nein! es geht nicht! Ich habe noch nicht die Kraft – es – dir ...

Loth. Du reibst dich auf, so.

Helene. Ich schäme mich zu bodenlos! – Du ... du wirst mich fortstoßen, fortjagen ...! Es ist über alle Begriffe ... Ekelhaft ist es!

Loth. Lenchen, du kennst mich nicht – sonst würdst du mir so etwas nicht zutrauen. – Fortstoßen! fortjagen! Komm' ich dir denn wirklich so brutal vor?

Helene. Schwager Hoffmann sagte: du würdest – kaltblütig ... Ach nein! nein! nein! das tust du doch nicht! gelt? – Du schreitest nicht über mich weg? tu es nicht!! – Ich weiß nicht – was – dann noch aus – mir werden sollte.

Loth. Ja, aber das ist ja Unsinn! Ich hätte ja gar keinen Grund dazu.

Helene. Also du hältst es doch für möglich?!

Loth. Nein! – eben ***nicht***.

Helene. Aber wenn du dir einen Grund ausdenken kannst.

Loth. Es gäbe allerdings Gründe, aber – die stehen nicht in Frage.

Helene. Und solche Gründe?

Loth. Nur wer mich zum Verräter meiner selbst machen wollte, über den müßte ich hinweggehen.

Helene. Das will ich gewiß nicht – aber ich werde halt das Gefühl nicht los.

Loth. Was für ein Gefühl, Liebste?

Helene. Es kommt vielleicht daher: ich bin so dumm! – Ich hab' gar nichts in mir. Ich weiß nicht mal, was das ist, Grundsätze. – Gelt? das ist doch schrecklich. Ich lieb' dich nur so einfach! – aber du bist so gut, so groß – und hast so viel in dir. Ich habe solche Angst, du könntest doch noch mal merken – wenn ich was Dummes sage – oder mache – daß es doch nicht geht ... daß ich doch viel zu einfältig für dich bin ... Ich bin wirklich schlecht und dumm wie Bohnenstroh.

Loth. Was soll ich dazu sagen?! Du bist mir alles in allem! Alles in allem bist du mir. Mehr weiß ich nicht.

Helene. Und gesund bin ich ja auch ...

Loth. Sag mal! sind deine Eltern gesund?

Helene. Ja, das wohl! das heißt: die Mutter ist am Kindbettfieber gestorben. Vater ist noch gesund; er ***muß*** sogar eine sehr starke Natur haben. Aber ...

Loth. Na! – siehst du! also ...

Helene. Und wenn die Eltern nun nicht gesund wären –?

Loth *küßt Helene.* Sie sind's ja doch, Lenchen.

Helene. Aber wenn sie es nicht wären –?

Frau Krause stößt ein Wohnhausfenster auf und ruft in den Hof.

Frau Krause. Ihr Madel! Ihr Maa-del!!

Liese, *aus dem Kuhstall.* Frau Krausen!?

Frau Krause. Renn zur Müllern! 's gieht luus!

Liese. Wa–a, zur Hebomme Millern, meen Se?

Frau Krause. Na? leist uff a Uhrn? *Sie schlägt das Fenster zu. Liese rennt in den Stall und dann mit einem Tüchelchen um den Kopf zum Hofe hinaus. Frau Spiller erscheint in der Haustür.*

Frau Spiller *ruft.* Fräulein Helene! ... Gnädiges Fräulein Helene!

Helene. Was nur da los sein mag?

Frau Spiller, *sich der Laube nähernd.* Fräulein Helene.

Helene. Ach! das wird's sein! – die Schwester. Geh fort! da herum. *Loth schnell links vorn ab. Helene tritt aus der Laube.*

Frau Spiller. Fräulein ...! Ach da sind Sie endlich.

Helene. Was is denn?

Frau Spiller. Aach -m- bei Frau Schwester – *flüstert ihr etwas ins Ohr* – - m-m-

Helene. Mein Schwager hat anbefohlen, für den Fall, sofort nach dem Arzt zu schicken.

Frau Spiller. Gnädiges Fräulein -m-, sie will doch aber -m-, will doch aber keinen Arzt -m-. Die Ärzte, aach die -m- Ärzte! -m- mit Gottes Beistand ...

Miele kommt aus dem Hause.

Helene. Miele! gehen Sie augenblicklich zum Dr. Schimmelpfennig.

Frau Spiller. Aber Fräulein ...

Frau Krause, *aus dem Fenster, gebieterisch.* Miele! Du kimmst ruff!

Helene, *ebenso.* Sie gehen zum Arzt, Miele. *Miele zieht sich ins Haus zurück.* Nun, dann will ich selbst ... *Sie geht ins Haus und kommt, den Strohhut am Arm, sogleich zurück.*

Frau Spiller. Dann -m- wird es schlimm. Wenn Sie den Arzt holen -m-, gnädiges Fräulein, dann -m- wird es gewiß schlimm.

Helene geht an ihr vorüber. Frau Spiller zieht sich kopfschüttelnd ins Haus zurück. Als Helene in die Hofeinfahrt biegt, steht Kahl am Grenzzaun.

Kahl *ruft Helenen zu.* Woas iis denn bei eich luus? *Helene hält im Lauf nicht inne, noch würdigt sie Kahl eines Blickes oder einer Antwort. Kahl, lachend.* Ihr hat wull Schweinschlachta?

Fünfter Akt

Das Zimmer wie im ersten Akt. Zeit: gegen zwei Uhr nachts. Im Zimmer herrscht Dunkelheit. Durch die offene Mitteltür dringt Licht aus dem erleuchteten Hausflur. Deutlich beleuchtet ist auch noch die Holztreppe in dem ersten Stock. Alles in diesem Akt – bis auf wenige Ausnahmen – wird in einem gedämpften Tone gesprochen.

Eduard, mit Licht, tritt durch die Mitteltür ein. Er entzündet die Hängelampe über dem Eßtisch (Gasbeleuchtung). Als er damit beschäftigt ist, kommt Loth ebenfalls durch die Mitteltür.

Eduard. Ja ja! – bei ***die*** Zucht ... 't muß reen unmenschenmeeglich sint, een Ooge zuzutun.

Loth. Ich wollte nicht mal schlafen. Ich habe geschrieben.

Eduard. Ach wat! *Er steckt an.* So! – na jewiß! – et mag ja woll schwer jenug sin ... Wünschen der Herr Doktor vielleicht Dinte und Feder?

Loth. Am Ende ... wenn Sie so freundlich sein wollen, Herr Eduard.

Eduard, *indem er Tinte und Feder auf den Tisch setzt.* Ick meen' all immer: was 'n ehrlicher Mann is, der muß Haut und Knochen dransetzen um jeden lumpichten Jroschen. Nich mal det bißken Nachtruhe hat man. – *Immer vertraulicher.* Aber die Nation hier, die duht reen jar nischt! so'n faules, nichtsnutziges Pack, so'n ... Der Herr Doktor müssen jewiß ooch all dichtig int Zeuch jehn um det bißken Lebens ***unterhalt*** wie alle ehrlichen Leute.

Loth. Wünschte, ich brauchte es nicht!

Eduard. Na, wat meen Se woll! ick ooch!

Loth. Fräulein Helene ist wohl bei ihrer Schwester?

Eduard. Allet wat wahr is: d' is'n jutes Mächen! jeht ihr nich von der Seite.

Loth *sieht auf die Uhr.* Um elf Uhr früh begannen die Wehen. Sie dauern also ... fünfzehn Stunden dauern sie jetzt bereits. – Fünfzehn lange Stunden –!

Eduard. Weeß Jott! – und det beniemen se nu't schwache Jeschlecht – sie jappt aber ooch man nur noch so.

Loth. Herr Hoffmann ist auch oben!?

Eduard. Und ick sag' Ihnen, 't reene Weib.

Loth. Das mit anzusehen ist wohl auch keine Kleinigkeit.

Eduard. I! nu! det will ick meenen! Na! eben is Dr. Schimmelpfennig zujekommen. Det is'n Mann, sag' ick Ihnen: jrob wie 'ne Sackstrippe, aber – Zucker is'n dummer Junge dajejen. Sagen Sie man bloß, wat is aus det olle Berlin ... *Er unterbricht sich mit einem* Jott Strambach!, *da Hoffmann und der Doktor die Treppe herunterkommen. Hoffmann und Dr. Schimmelpfennig treten ein.*

Hoffmann. Jetzt – bleiben Sie doch wohl bei uns.

Dr. Schimmelpfennig Ja! jetzt werde ich hierbleiben.

Hoffmann. Das ist mir eine große, große Beruhigung. – Ein Glas Wein ...? Sie trinken doch ein Glas Wein, Herr Doktor!?

Dr. Schimmelpfennig Wenn Sie etwas tun wollen, dann lassen Sie mir schon lieber eine Tasse Kaffee brauen.

Hoffmann. Mit Vergnügen. – Eduard! Kaffee für Herrn Doktor! *Eduard ab.* Sie sind ...? Sind Sie zufrieden mit dem Verlauf?

Dr. Schimmelpfennig Solange Ihre Frau Kraft behält, ist jedenfalls direkte Gefahr nicht vorhanden. Warum haben Sie übrigens die junge Hebamme nicht zugezogen? Ich hatte Ihnen doch eine empfohlen, soviel ich weiß.

Hoffmann. Meine Schwiegermama ... was soll man machen? Wenn ich ehrlich sein soll: auch meine Frau hatte kein Vertrauen zu der jungen Person.

Dr. Schimmelpfennig Und zu diesem fossilen Gespenst haben Ihre Damen Vertrauen!? Wohl bekomm's! – Sie möchten gern wieder hinauf?

Hoffmann. Ehrlich gesagt: ich habe nicht viel Ruhe hier unten.

Dr. Schimmelpfennig Besser wär's freilich, Sie gingen irgendwohin, aus dem Hause.

Hoffmann. Beim besten Willen, das ... ach, Loth! da bist du ja auch noch. *Loth erhebt sich von dem Sofa im dunklen Vordergrunde und geht auf die beiden zu.*

Dr. Schimmelpfennig, *aufs äußerste überrascht.* Donnerwetter!

Loth. Ich hörte schon, daß du hier seist. Morgen hätte ich dich unbedingt aufgesucht. *Beide schütteln sich tüchtig die Hände. Hoffmann benutzt den Augenblick, am Büfett schnell ein Glas Kognak hinunterzuspülen, darauf dann sich auf den Zehen hinaus - und die Holztreppe hinaufzuschleichen.*

Das Gespräch der beiden Freunde steht am Anfang unverkennbar unter dem Einfluß einer gewissen leisen Zurückhaltung.

Dr. Schimmelpfennig Du hast also wohl ... hahaha ... die alte dumme Geschichte vergessen? *Er legt Hut und Stock beiseite.*

Loth. Längst vergessen, Schimmel!

Dr. Schimmelpfennig Na, ich auch! das kannst du dir denken. – *Sie schütteln sich nochmals die Hände.* Ich habe in dem Nest hier so wenig freudige Überraschungen gehabt, daß mir die Sache ganz kurios vorkommt. Merkwürdig! Gerade hier treffen wir uns. – Merkwürdig!

Loth. Rein verschollen bist du ja, Schimmel! Hätte dich sonst längst mal umgestoßen.

Dr. Schimmelpfennig. Unter Wasser gegangen wie ein Seehund. Tiefseeforschungen gemacht. In anderthalb Jahren etwa hoffe ich wieder aufzutauchen. Man muß materiell unabhängig sein, wissen Sie ... weißt du, wenn man etwas Brauchbares leisten will.

Loth. Also du machst ***auch*** Geld hier?

Dr. Schimmelpfennig. Natürlicherweise, und zwar so viel als möglich. Was sollte man hier auch anderes tun?

Loth. Du hätt'st doch mal was von dir hören lassen sollen.

Dr. Schimmelpfennig. Erlauben Sie ... erlaube, hätte ich von mir was hören lassen, dann hätte ich von euch was wieder gehört, und ich wollte durchaus nichts hören. Nichts – gar nichts, das hätte mich höchstens von meiner Goldwäscherei abhalten können.

Beide gehen langsamen Schritts auf und ab im Zimmer.

Loth. Na ja – du kannst dich dann aber auch nicht wundern, daß sie ... nämlich ich muß dir sagen, sie haben dich eigentlich alle durch die Bank aufgegeben.

Dr. Schimmelpfennig. Sieht ihnen ähnlich. – Bande! – sollen schon was merken.

Loth. Schimmel, genannt: das Rauhbein!

Dr. Schimmelpfennig. Du solltest nur sechs Jahre unter diesen Bauern gelebt haben. Himmelhunde alle miteinander.

Loth. Das kann ich mir denken. – Wie bist du denn gerade nach Witzdorf gekommen?

Dr. Schimmelpfennig. Wie's so geht. Damals mußte ich doch auskneifen, von Jena weg.

Loth. War das vor meinem Reinfall?

Dr. Schimmelpfennig. Jawohl. Kurze Zeit, nachdem wir unser Zusammenleben aufgesteckt hatten. In Zürich legte ich mich dann auf die Medizinerei, zunächst, um etwas für den Notfall zu haben; dann fing aber die Sache an, mich zu interessieren, und jetzt bin ich mit Leib und Seele Medikus.

Loth. Und hierher ...? Wie kamst du hierher?

Dr. Schimmelpfennig. Ach so! – einfach! Als ich fertig war, da sagte ich mir: nun vor allen Dingen einen hinreichenden Haufen Kies. Ich dachte an Amerika, Süd- und Nord-Amerika, an Afrika, Australien, die Sundainseln … am Ende fiel mir ein, daß mein Knabenstreich ja mittlerweile verjährt war; da habe ich mich denn entschlossen, in die Mausefalle zurückzukriechen.

Loth. Und dein Schweizer Examen?

Dr. Schimmelpfennig. Ich mußte eben die Geschichte hier noch mal über mich ergehen lassen.

Loth. Du hast also das Staatsexamen zweimal gemacht, Kerl!?

Dr. Schimmelpfennig. Ja! – Schließlich habe ich dann glücklicherweise diese fette Weide hier ausfindig gemacht.

Loth. Du bist zähe, zum Beneiden.

Dr. Schimmelpfennig. Wenn man nur nicht plötzlich mal zusammenklappt. – Na! schließlich ist's auch kein Unglück.

Loth. Hast du denn 'ne große Praxis?

Dr. Schimmelpfennig. Ja! Mitunter komme ich erst um fünf Uhr früh zu Bett, um sieben Uhr fängt dann bereits wieder meine Sprechstunde an.

Eduard kommt und bringt Kaffee.

Dr. Schimmelpfennig, *indem er sich am Tisch niederläßt, zu Eduard.* Danke, Eduard! – *Zu Loth.* Kaffee saufe ich … unheimlich.

Loth. Du solltest das lieber lassen mit dem Kaffee.

Dr. Schimmelpfennig. Was soll man machen?! *Er nimmt kleine Schlucke.* Wie gesagt – ein Jahr noch, dann – hört's auf … hoffentlich wenigstens.

Loth. Willst du dann gar nicht mehr praktizieren?

Dr. Schimmelpfennig. Glaube nicht. Nein ... nicht mehr. *Er schiebt das Tablett mit dem Kaffeegeschirr zurück, wischt sich den Mund.* Übrigens – zeig mal deine Hand. *Loth hält ihm beide Hände hin.* Nein? – keine Dalekarlierin heimgeführt? – keine gefunden, wie? ... Wolltest doch immer so'n Ur- und Kernweib von wegen des gesunden Blutes. Hast übrigens recht: wenn schon, denn schon ... oder nimmst du's in dieser Beziehung etwa nicht mehr so genau?

Loth. Na ob ...! und wie!

Dr. Schimmelpfennig. Ach, wenn die Bauern hier doch auch solche Ideen hätten. Damit sieht's aber jämmerlich aus, sage ich dir, Degeneration auf der ganzen ... *Er hat seine Zigarrentasche halb aus der Brusttasche gezogen, läßt sie aber wieder zurückgleiten und steht auf, als irgendein Laut durch die nur angelehnte Hausflurtür hereindringt.* Wart mal! *Er geht auf den Zehen bis zur Hausflurtür und horcht. Eine Tür geht draußen, man hört einige Augenblicke deutlich das Wimmern der Wöchnerin. Der Doktor sagt, zu Loth gewandt, leise* Entschuldige! *und geht hinaus.*

Einige Augenblicke durchmißt Loth, während draußen Türen schlagen, Menschen die Treppe auf und ab laufen, das Zimmer; dann setzt er sich in den Lehnsessel rechts vorn. Helene huscht herein und umschlingt Loth, der ihr Kommen nicht bemerkt hat, von rückwärts.

Loth, *sich umblickend, sie ebenfalls umfassend.* Lenchen!! *Er zieht sie zu sich herunter und trotz gelinden Sträubens auf sein Knie. Helene weint unter den Küssen, die er ihr gibt.* Ach weine doch nicht, Lenchen! Warum weinst du denn so sehr?

Helene. Warum? weiß ich's?! ... Ich denk' immer, ich – treff' dich nicht mehr. Vorhin habe ich mich so erschrocken ...

Loth. Weshalb denn?

Helene. Weil ich dich aus deinem Zimmer treten hörte – ach! ... und die Schwester – wir armen, armen Weiber! –, die muß zu sehr ausstehen.

Loth. Der Schmerz vergißt sich schnell, und auf den Tod geht's ja nicht.

Helene. Ach, du! sie wünscht sich ihn ja ... sie jammert nur immer so: laßt mich doch sterben ... Der Doktor! *Sie springt auf und huscht in den Wintergarten.*

Dr. Schimmelpfennig, *im Hereintreten.* Nun wünschte ich wirklich, daß sich das Frauchen da oben 'n bissel beeilte! *Er läßt sich am Tisch nieder, zieht neuerdings die Zigarrentasche, entnimmt ihr eine Zigarre und legt diese neben sich.* Du kommst mit zu mir dann, wie? – hab' draußen so'n notwendiges Übel mit zwei Gäulen davor, da können wir drin zu mir fahren. *Seine Zigarre an der Tischkante klopfend.* Der süße Ehestand! ja, ja! *Ein Zündholz anstreichend.* Also noch frisch, frei, fromm, froh?

Loth. Hättest noch gut ein paar Tage warten können mit deiner Frage.

Dr. Schimmelpfennig, *bereits mit brennender Zigarre.* Wie? ... ach ... ach so! – *lachend* – also endlich doch auf meine Sprünge gekommen.

Loth. Bist du wirklich noch so entsetzlich pessimistisch in bezug auf Weiber?

Dr. Schimmelpfennig. Ent-setzlich!! *Dem Rauch seiner Zigarre nachblickend.* Früher war ich Pessimist – sozusagen ahnungsweise ...

Loth. Hast du denn inzwischen so besondere Erfahrungen gemacht?

Dr. Schimmelpfennig. Ja, allerdings! – auf meinem Schilde steht nämlich: Spezialist für Frauenkrankheiten. – Die medizinische Praxis macht nämlich furchtbar klug ... furchtbar – gesund ... ist Spezifikum gegen ... allerlei Staupen!

Loth *lacht.* Na, da könnten wir ja gleich wieder in der alten Tonart anfangen. Ich hab' nämlich ... ich bin nämlich keineswegs auf deine Sprünge gekommen. Jetzt weniger als je! ... Auf diese Weise hast du wohl auch dein Steckenpferd vertauscht?

Dr. Schimmelpfennig. Steckenpferd?

Loth. Die Frauenfrage war doch zu damaliger Zeit gewissermaßen dein Steckenpferd!

Dr. Schimmelpfennig. Ach so! – Warum sollte ich es vertauscht haben?

Loth. Wenn du über die Weiber noch schlechter denkst als ...

Dr. Schimmelpfennig, *ein wenig in Harnisch, erhebt sich und geht hin und her, dabei spricht er.* Ich – denke nicht schlecht von den Weibern. – Kein Bein! – Nur über das Heiraten denke ich schlecht ... über die Ehe ... über die Ehe, und dann höchstens noch über die Männer denke ich schlecht ... Die Frauenfrage soll mich nicht mehr interessieren? Ja, weshalb hätte ich denn sonst sechs lange Jahre hier wie'n Lastpferd gearbeitet? Doch nur, um alle meine verfügbaren Kräfte endlich mal ganz der Lösung dieser Frage zu widmen. Wußtest du denn das nicht von Anfang an?

Loth. Wo hätte ich's denn ***her*** wissen sollen?!

Dr. Schimmelpfennig. Na, wie gesagt ... ich hab' auch schon ein ziemlich ausgiebiges Material gesammelt, das mir gute Dienste leisten ... bsst! ich hab' mir das Schreien so angewöhnt. *Er schweigt, horcht, geht zur Tür und kommt zurück.* Was hat dich denn eigentlich unter die Goldbauern geführt?

Loth. Ich möchte die hiesigen Verhältnisse studieren.

Dr. Schimmelpfennig, *mit gedämpfter Stimme.* Idee! *Noch leiser.* Da kannst du bei mir auch Material bekommen.

Loth. Freilich, du mußt ja sehr unterrichtet sein über die Zustände hier. Wie sieht es denn so in den Familien aus?

Dr. Schimmelpfennig. E-lend! ... durchgängig ... Suff! Völlerei, Inzucht, und infolge davon – Degenerationen auf der ganzen Linie.

Loth. Mit Ausnahmen doch!?

Dr. Schimmelpfennig. Kaum!

Loth, *unruhig.* Bist du denn nicht zuweilen in … in Versuchung geraten, eine … eine Witzdorfer Goldtochter zu heiraten?

Dr. Schimmelpfennig. Pfui Teufel! Kerl, für was hältst du mich? – Ebenso könntest du mich fragen, ob ich …

Loth, *sehr bleich.* Wie … wieso?

Dr. Schimmelpfennig. Weil … ist dir was? *Er fixiert ihn einige Augenblicke.*

Loth. Gar nichts! Was soll mir denn sein?

Dr. Schimmelpfennig *ist plötzlich sehr nachdenklich, geht und steht jäh und mit einem leisen Pfiff still, blickt Loth abermals flüchtig an und sagt dann halblaut zu sich selbst.* Schlimm!

Loth. Du bist ja so sonderbar plötzlich.

Dr. Schimmelpfennig. Still! *Er horcht auf und verläßt dann schnell das Zimmer durch die Mitteltür.*

Helene, *nach einigen Augenblicken durch die Mitteltür; sie ruft.* Alfred! – Alfred! … Ach da bist du – Gott sei Dank!

Loth. Nun, ich sollte wohl am Ende gar fortgelaufen sein?

Umarmung.

Helene *biegt sich zurück. Mit unverkennbarem Schrecken im Ausdruck.* Alfred!

Loth. Was denn, Liebste?

Helene. Nichts, nichts!

Loth. Aber du mußt doch was haben?

Helene. Du kamst mir so … so kalt … Ach, ich hab' solche schrecklich dumme Einbildungen.

Loth. Wie steht's denn oben?

Helene. Der Doktor zankt mit der Hebamme.

Loth. Wird's nicht bald zu Ende gehen?

Helene. Weiß ich's? – Aber wenn's ... wenn's zu Ende ist, meine ich, dann ...

Loth. Was dann? ... Sag doch, bitte! was wolltest du sagen?

Helene. Dann sollten wir bald von hier fortgehen. Gleich! auf der Stelle!

Loth. Wenn du das wirklich für das beste hältst, Lenchen –

Helene. Ja, ja! wir dürfen nicht warten! Es ist das Beste – für dich und mich. Wenn du mich nicht jetzt bald nimmst, dann läßt du mich heilig noch sitzen, und dann ... dann ... muß ich doch noch zugrunde gehen.

Loth. Wie du doch mißtrauisch bist, Lenchen!

Helene. Sag das nicht, Liebster! Dir traut man, dir muß man trauen! ... Wenn ich erst dein bin, dann ... du verläßt mich dann ganz gewiß nicht mehr. *Wie außer sich.* Ich beschwöre dich! geh nicht fort! Verlaß mich doch nur nicht. Geh – nicht fort, Alfred! Alles ist aus, alles, wenn du einmal ohne mich von hier fortgehst.

Loth. Merkwürdig bist du doch! ... Und da willst du nicht mißtrauisch sein? ... Oder sie plagen dich, martern dich hier ganz entsetzlich, mehr als ich mir je ... Jedenfalls gehen wir aber noch diese Nacht. Ich bin bereit. Sobald du willst, gehen wir also.

Helene, *gleichsam mit aufjauchzendem Dank ihm um den Hals fallend.* Geliebter! *Sie küßt ihn wie rasend und eilt schnell davon.*

Dr. Schimmelpfennig tritt durch die Mitte ein; er bemerkt noch, wie Helene in der Wintergartentür verschwindet.

Dr. Schimmelpfennig Wer war das? – Ach so! *In sich hinein.* Armes Ding! *Er läßt sich mit einem Seufzer am Tisch nieder, findet die alte Zigarre, wirft sie beiseite, entnimmt dem Etui eine frische Zigarre und fängt an, sie an der Tischkante zu klopfen, wobei er nachdenklich darüber hinausstarrt.*

Loth, *der ihm zuschaut.* Genauso pflegtest du vor acht Jahren jede Zigarre abzuklopfen, eh du zu rauchen anfingst.

Dr. Schimmelpfennig. Möglich –! *Als er mit Anrauchen fertig ist.* Hör mal, du!

Loth. Ja, was denn?

Dr. Schimmelpfennig. Du wirst doch – sobald die Geschichte oben vorüber ist, mit zu mir kommen?

Loth. Das geht wirklich nicht! Leider.

Dr. Schimmelpfennig. Man hat so das Bedürfnis, sich mal wieder gründlich von der Leber weg zu äußern.

Loth. Das hab' ich genauso wie du. Aber gerade daraus kannst du sehen, daß es absolut heut nicht in meiner Macht steht, mit dir ...

Dr. Schimmelpfennig. Wenn ich dir nun aber ausdrücklich und – gewissermaßen feierlich erkläre: es ist eine bestimmte, äußerst wichtige Angelegenheit, die ich mit dir noch diese Nacht besprechen möchte ... besprechen ***muß*** sogar, Loth!

Loth. Kurios! Für blutigen Ernst soll ich doch das nicht etwa hinnehmen?! doch wohl nicht? – So viel Jahre hätt'st du damit gewartet, und nun hätte es nicht einen Tag mehr Zeit damit? – Du kannst dir doch wohl denken, daß ich dir keine Flausen vormache.

Dr. Schimmelpfennig. Also hat's doch seine Richtigkeit! *Er steht auf und geht umher.*

Loth. Was hat seine Richtigkeit?

Dr. Schimmelpfennig, *vor Loth stillstehend, mit einem geraden Blick in seine Augen.* Es ist also wirklich etwas im Gange zwischen dir und Helene Krause?

Loth. Ich? – Wer hat dir denn ...?

Dr. Schimmelpfennig. Wie bist du nur in ***diese*** Familie ...?

Loth. Woher – weißt du denn das, Mensch?

Dr. Schimmelpfennig. Das war ja doch nicht schwer zu erraten.

Loth. Na, dann halt um Gottes willen den Mund, daß nicht ...

Dr. Schimmelpfennig. Ihr seid also richtig verlobt?!

Loth. Wie man's nimmt. Jedenfalls sind wir beiden einig.

Dr. Schimmelpfennig. Hm –! wie bist du denn hier hereingeraten, gerade in ***diese*** Familie?

Loth. Hoffmann ist ja doch mein Schulfreund. Er war auch Mitglied – auswärtiges allerdings –, Mitglied meines Kolonialvereins.

Dr. Schimmelpfennig. Von der Sache hörte ich in Zürich. – Also mit dir ist er umgegangen! Auf diese Weise wird mir der traurige Zwitter erklärlich.

Loth. Ein Zwitter ist er allerdings.

Dr. Schimmelpfennig. Eigentlich nicht mal das. – Ehrlich, du! – Ist das wirklich dein Ernst? – die Geschichte mit der Krause?

Loth. Na, selbstverständlich! – Zweifelst du daran? Du wirst mich doch nicht etwa für einen Schuft ...

Dr. Schimmelpfennig. Schon gut! Ereifere dich nur nicht. Hätt'st dich ja verändert haben können während der langen Zeit. Warum nicht? Wär' auch gar kein Nachteil! 'n bissel Humor könnte dir gar nicht schaden! Ich seh' nicht ein, warum man alles so verflucht ernsthaft nehmen sollte.

Loth. Ernst ist es mir mehr als je. *Er erhebt sich und geht, immer ein wenig zurück, neben Schimmelpfennig her.* Du kannst es ja nicht wissen, auch sagen kann ich's dir nicht mal, was dieses Verhältnis für mich bedeutet.

Dr. Schimmelpfennig. Hm!

Loth. Kerl, du hast keine Idee, was das für ein Zustand ist. Man kennt ihn nicht, wenn man sich danach sehnt. Kennte man ihn, dann, dann müßte man geradezu unsinnig werden vor Sehnsucht.

Dr. Schimmelpfennig. Das begreife der Teufel, wie ihr zu dieser unsinnigen Sehnsucht kommt.

Loth. Du bist auch noch nicht sicher davor.

Dr. Schimmelpfennig. Das möcht' ich mal sehen!

Loth. Du redst wie der Blinde von der Farbe.

Dr. Schimmelpfennig. Was ich mir für das bißchen Rausch koofe! Lächerlich. Darauf eine lebenslängliche Ehe zu bauen ... da baut man noch nicht mal so sicher als auf 'n Sandhaufen.

Loth. Rausch – Rausch – wer von einem Rausch redet – na! der kennt die Sache eben nicht, 'n Rausch ist flüchtig. Solche Räusche hab' ich schon gehabt, ich geb's zu. Aber ***das*** ist was ganz anderes.

Dr. Schimmelpfennig. Hm!

Loth. Ich bin dabei vollständig nüchtern. Denkst du, daß ich meine Liebste so – na, wie soll ich sagen – so mit 'ner – na, wie soll ich sagen, mit 'ner großen Glorie sehe? Gar nicht! – Sie hat Fehler, ist auch nicht besonders schön, wenigstens – na, häßlich ist sie auch gerade nicht. Ganz objektiv geurteilt, ich – das ist ja schließlich Geschmackssache – ich hab' so'n hübsches Mädel noch nicht gesehen. Also, Rausch – Unsinn! Ich bin ja so nüchtern wie nur möglich. Aber, siehst du! ***das*** ist eben das Merkwürdige: ich kann mich gar nicht mehr ohne sie denken – das kommt mir so vor wie 'ne Legierung, weißt du, wie wenn zwei Metalle so recht innig legiert sind, daß man gar nicht mehr sagen kann, das ist ***das***, das ist ***das***. Und alles so furchtbar selbstverständlich – kurzum, ich quatsche vielleicht Unsinn – oder was ich sage, ist vielleicht in deinen Augen Unsinn, aber soviel steht fest: wer das nicht kennt, ist'n erbärmlicher Frosch. Und so'n Frosch war ich bisher – und so'n Jammerfrosch bist du noch.

Dr. Schimmelpfennig. Da ist ja richtig der ganze Symptomen-Komplex. – Daß ihr Kerls doch immer bis über die Ohren in Dinge hineingeratet, die ihr theoretisch längst verworfen habt, wie zum Beispiel du die Ehe. Solange ich dich kenne, laborierst du an dieser unglücklichen Ehemanie.

Loth. Es ist Trieb bei mir, geradezu Trieb. Weiß Gott! mag ich mich wenden, wie ich will.

Dr. Schimmelpfennig. Man kann schließlich auch einen Trieb niederkämpfen.

Loth. Ja, wenn's 'n Zweck hat, warum nicht?

Dr. Schimmelpfennig. Hat's Heiraten etwa Zweck?

Loth. Das will ich meinen. Das hat Zweck! Bei mir hat es Zweck. Du weißt nicht, wie ich mich durchgefressen hab' bis hierher. Ich mag nicht sentimental werden. Ich hab's auch vielleicht nicht so gefühlt, es ist mir vielleicht nicht ganz so klar bewußt geworden wie jetzt, daß ich in meinem Streben etwas entsetzlich ödes, gleichsam Maschinenmäßiges angenommen hatte. Kein Geist, kein Temperament, kein Leben, ja wer weiß, war noch Glauben in mir? Das alles kommt seit ... seit heut wieder in mich gezogen. So merkwürdig voll, so ursprünglich, so fröhlich ... Unsinn, du kapierst's ja doch nicht.

Dr. Schimmelpfennig. Was ihr da alles nötig habt, um flott zu bleiben, Glaube, Liebe, Hoffnung. Für mich ist das Kram. Es ist eine ganz simple Sache: die Menschheit liegt in der Agonie, und unsereiner macht ihr mit Narkoticis die Sache so erträglich als möglich.

Loth. Dein neuester Standpunkt?

Dr. Schimmelpfennig. Schon fünf bis sechs Jahre alt und immer derselbe.

Loth. Gratuliere!

Dr. Schimmelpfennig Danke!

Eine lange Pause.

Dr. Schimmelpfennig, *nach einigen unruhigen Anläufen.* Die Geschichte ist leider die: ich halte mich für verpflichtet ... ich schulde dir unbedingt eine Aufklärung. Du wirst Helene Krause, glaub' ich, nicht heiraten können.

Loth, *kalt.* So, glaubst du?

Dr. Schimmelpfennig Ja, ich bin der Meinung. Es sind da Hindernisse vorhanden, die gerade dir ...

Loth. Hör mal, du: mach dir darüber um Gottes willen keine Skrupel. Die Verhältnisse liegen auch gar nicht mal so kompliziert, sind im Grunde sogar furchtbar einfach.

Dr. Schimmelpfennig. Einfach ***furchtbar***, solltest du eher sagen.

Loth. Ich meine, was die Hindernisse anbetrifft.

Dr. Schimmelpfennig. Ich auch zum Teil. Aber auch überhaupt: ich kann mir nicht denken, daß du diese Verhältnisse hier kennen solltest.

Loth. Ich kenne sie aber doch ziemlich genau.

Dr. Schimmelpfennig. Dann mußt du notwendigerweise deine Grundsätze geändert haben.

Loth. Bitte, Schimmel, drück dich etwas deutlicher aus.

Dr. Schimmelpfennig. Du mußt unbedingt deine Hauptforderung in bezug auf die Ehe fallengelassen haben, obgleich du vorhin durchblicken ließt, es käme dir nach wie vor darauf an, ein an Leib und Seele gesundes Geschlecht in die Welt zu setzen.

Loth. Fallengelassen? ... fallengelassen? Wie soll ich denn das ...

Dr. Schimmelpfennig. Dann bleibt nichts übrig ... dann kennst du eben doch die Verhältnisse nicht. Dann weißt du zum Beispiel nicht, daß Hoffmann einen Sohn hatte, der mit drei Jahren bereits am Alkoholismus zugrunde ging.

Loth. Wa... was – sagst du?

Dr. Schimmelpfennig. 's tut mir leid, Loth, aber sagen muß ich dir's doch, du kannst ja dann noch machen, was du willst. Die Sache war kein Spaß. Sie waren gerade wie jetzt zum Besuch hier. Sie ließen mich holen, eine halbe Stunde zu spät. Der kleine Kerl hatte längst verblutet. *Loth mit den Zeichen tiefer, furchtbarer Erschütterung an des Doktors Munde hängend.* Nach der Essigflasche hatte das dumme Kerlchen gelangt in der Meinung, sein geliebter Fusel sei darin. Die Flasche war herunter- und das Kind in die Scherben gefallen. Hier unten, siehst du, die vena saphena, die hatte es sich vollständig durchschnitten.

Loth. W... w...essen Kind, sagst du ...?

Dr. Schimmelpfennig. Hoffmanns und ebenderselben Frau Kind, die da oben wieder ... und auch die trinkt, trinkt bis zur Besinnungslosigkeit, trinkt, soviel sie bekommen kann.

Loth. Also von Hoffmann ... Hoffmann geht es nicht aus?!

Dr. Schimmelpfennig. Bewahre! Das ist tragisch an dem Menschen, er leidet darunter, soviel er überhaupt leiden kann. Im übrigen hat er's gewußt, daß er in eine Potatorenfamilie hineinkam. Der Bauer nämlich kommt überhaupt gar nicht mehr aus dem Wirtshaus.

Loth. Dann freilich – begreife ich manches – nein! alles begreife ich – alles. *Nach einem dumpfen Schweigen.* Dann ist ihr Leben hier ... Helenens Leben – ein ... ein – wie soll ich sagen?! mir fehlt der Ausdruck dafür – ... nicht?

Dr. Schimmelpfennig. Horrend geradezu! Das kann ich beurteilen. Daß du bei ihr hängenbliebst, war mir auch von Anfang an sehr begreiflich. Aber wie ges...

Loth. Schon gut! – verstehe! ... Tut denn ...? könnte man nicht vielleicht ...? vielleicht könnte man Hoffmann bewegen, etwas ... etwas zu tun? Könntest du nicht vielleicht – ihn zu etwas bewegen? Man müßte sie fortbringen aus dieser Sumpfluft.

Dr. Schimmelpfennig. Hoffmann?

Loth. Ja, Hoffmann.

Dr. Schimmelpfennig. Du kennst ihn schlecht ... Ich glaube zwar nicht, daß er sie schon verdorben hat. Aber ihren Ruf hat er sicherlich ***jetzt*** schon verdorben.

Loth, *aufbrausend.* Wenn das ist: ich schlag' ihn ... Glaubst du wirklich ...? hältst du Hoffmann wirklich für fähig ...?

Dr. Schimmelpfennig. Zu allem, zu allem halte ich ihn fähig, wenn für ihn ein Vergnügen dabei herausspringt.

Loth. Dann ist sie – das keuscheste Geschöpf, was es gibt ... *Loth nimmt langsam Hut und Stock und hängt sich sein Täschchen um.*

Dr. Schimmelpfennig. Was gedenkst du zu tun, Loth?

Loth. ... Nicht begegnen ...!

Dr. Schimmelpfennig. Du bist also entschlossen?

Loth. Wozu entschlossen?

Dr. Schimmelpfennig. Euer Verhältnis aufzulösen.

Loth. Wie sollt' ich wohl dazu nicht entschlossen sein?

Dr. Schimmelpfennig. Ich kann dir als Arzt noch sagen, daß Fälle bekannt sind, wo solche vererbte Übel unterdrückt worden sind, und du würdest ja gewiß deinen Kindern eine rationelle Erziehung geben.

Loth. Es mögen solche Fälle vorkommen.

Dr. Schimmelpfennig. Und die Wahrscheinlichkeit ist vielleicht nicht so gering, daß ...

Loth. Das kann uns nichts helfen, Schimmel. So steht es: es gibt drei Möglichkeiten! Entweder ich heirate sie, und dann ... nein, dieser Ausweg existiert überhaupt nicht. Oder – die bewußte Kugel. Na ja, dann hätte man wenigstens Ruhe. Aber nein! so weit sind wir noch nicht, so was kann man sich einstweilen noch nicht leisten – also: leben! kämpfen! – Weiter, immer weiter. *Sein Blick fällt auf den Tisch, er bemerkt das von Eduard zurechtgestellte Schreibzeug, setzt sich, ergreift die Feder, zaudert und sagt.* Oder am Ende ...?

Dr. Schimmelpfennig. Ich verspreche dir, ihr die Lage so deutlich als möglich vorzustellen.

Loth. Ja, ja! – nur eben ... ich kann nicht anders. *Er schreibt, adressiert und kuvertiert. Er steht auf und reicht Schimmelpfennig die Hand.* Im übrigen verlasse ich mich – auf dich.

Dr. Schimmelpfennig. Du gehst zu mir, wie? Mein Kutscher soll dich zu mir fahren.

Loth. Sag mal, sollte man denn nicht wenigstens versuchen – sie aus den Händen dieses ... dieses Menschen zu ziehen? ... Auf diese Weise wird sie doch unfehlbar noch seine Beute.

Dr. Schimmelpfennig. Guter, bedauernswürdiger Kerl! Soll ich dir was raten? Nimm ihr nicht das ... das Wenige, was du ihr noch übrigläßt.

Loth, *tiefer Seufzer.* Qual über ... hast vielleicht – recht – jawohl, unbedingt sogar.

Man hört jemand hastig die Treppe herunterkommen. Im nächsten Augenblick stürzt Hoffmann herein.

Hoffmann. Herr Doktor, ich bitte Sie um Gottes willen ... sie ist ohnmächtig ... die Wehen setzen aus ... wollen Sie nicht endlich ...

Dr. Schimmelpfennig. Ich komme hinauf. *Zu Loth bedeutungsvoll.* Auf Wiedersehen! *Zu Hoffmann, der ihm nachfolgen will.* Herr Hoffmann, ich muß Sie bitten ... eine Ablenkung oder Störung könnte verhängnisvoll ... am liebsten wäre es mir, Sie blieben hier unten.

Hoffmann. Sie verlangen sehr viel, aber ... na!

Dr. Schimmelpfennig. Nicht mehr als billig. *Ab. – Hoffmann bleibt zurück.*

Hoffmann *bemerkt Loth.* Ich zittere, die Aufregung steckt mir in allen Gliedern. Sag mal, du willst fort?

Loth. Ja.

Hoffmann. Jetzt mitten in der Nacht?

Loth. Nur bis zu Schimmelpfennig.

Hoffmann. Ach so! Nun ... wie die Verhältnisse sich gestaltet haben, ist es am Ende kein Vergnügen mehr bei uns ... Also leb recht ...

Loth. Ich danke für die Gastfreundschaft.

Hoffmann. Und mit deinem Plan, wie steht es da?

Loth. Plan?

Hoffmann. Deine Arbeit, deine volkswirtschaftliche Arbeit über unseren Distrikt, meine ich. Ich muß dir sagen ... ich möchte dich sogar als Freund inständig und herzlich bitten ...

Loth. Beunruhige dich weiter nicht. Morgen schon bin ich über alle Berge.

Hoffmann. Das ist wirklich ... *Unterbricht sich.*

Loth. Schön von dir, wollt'st du wohl sagen?

Hoffmann. Das heißt – ja – in gewisser Hinsicht; übrigens du entschuldigst mich, ich bin so entsetzlich aufgeregt. Zähle auf mich! die alten Freunde sind immer noch die besten. Adieu, Adieu. *Ab durch die Mitte.*

Loth *wendet sich, bevor er zur Tür hinaustritt, noch einmal nach rückwärts und nimmt mit den Augen noch einmal den ganzen Raum in sein Gedächtnis auf. Hierauf zu sich.* Da könnt' ich ja nun wohl – gehen. *Nach einem letzten Blick ab.*

Das Zimmer bleibt für einige Augenblicke leer. Man vernimmt gedämpfte Rufe und das Geräusch von Schritten, dann erscheint Hoffmann. Er zieht, sobald er die Tür hinter sich geschlossen hat, unverhältnismäßig ruhig sein Notizbuch und rechnet etwas; hierbei unterbricht er sich und lauscht, wird unruhig, schreitet zur Tür und lauscht wieder. Plötzlich rennt jemand die Treppe herunter, und herein stürzt Helene.

Helene, *noch außen.* Schwager! *In der Tür.* Schwager!

Hoffmann. Was ist denn – los?

Helene. Mach dich gefaßt: totgeboren!

Hoffmann. Jesus Christus!!! *Er stürzt davon.*

Helene allein. Sie sieht sich um und ruft leise: ***Alfred***! ***Alfred***! *und dann, als sie keine Antwort erhält, in schneller Folge:* ***Alfred***! ***Alfred***! *Dabei ist sie bis zur Tür des Wintergartens geeilt, durch die sie spähend blickt. Dann ab in den Wintergarten. Nach einer Weile erscheint sie wieder:* ***Alfred***! *Immer unruhiger werdend, am Fenster, durch das sie hinausblickt:* ***Alfred***! Sie öffnet das Fenster und steigt auf einen davorstehenden Stuhl. In diesem Augenblick klingt deutlich vom Hofe herein das Geschrei des betrunkenen, aus dem *Wirtshaus heimkehrenden Bauern, ihres Vaters:* ***Dohie hä! biin iich nee a hibscher Moan? Hoa iich nee a hibsch Weib? Hoa iich nee a poar hibsche Tächter dohie hä***? *Helene stößt einen kurzen Schrei aus und rennt wie gejagt nach der Mitteltür. Von dort aus entdeckt sie den Brief, welchen Loth auf dem Tisch zurückgelassen, sie stürzt sich darauf, reißt ihn auf und durchfliegt ihn, einzelne Worte aus seinem Inhalt laut hervorstoßend:* " ***Unübersteiglich***!" ... „ ***Niemals wieder***!" *Sie läßt den Brief fallen, wankt:* ***Zu Ende***! *Rafft sich auf, hält sich den Kopf mit beiden Händen, kurz und scharf schreiend:* ***Zu En-de***! *Stürzt ab durch die Mitte. Der Bauer draußen, schon aus geringerer Entfernung:* ***Dohie hä? iis ernt's Gittla nee mei-ne? Hoa iich nee a hibsch Weib? Bin iich nee a hibscher Moan***? *Helene, immer noch suchend, wie eine halb Irrsinnige aus dem Wintergarten hereinkommend, trifft auf Eduard, der etwas aus Hoffmanns Zimmer zu holen geht. Sie redet ihn an:* ***Eduard***! *Er antwortet:* ***Gnädiges Fräulein***? *Darauf sie:* ***Ich möchte ... möchte den Herrn Dr. Loth*** ... *Eduard antwortet:* ***Herr Dr. Loth sind in des Herrn Dr. Schimmelpfennigs Wagen fortgefahren***! *Damit verschwindet er im*

Zimmer Hoffmanns. **Wahr**! *stößt Helene hervor und hat einen Augenblick Mühe, aufrechtzustehen. Im nächsten durchfährt sie eine verzweifelte Energie. Sie rennt nach dem Vordergrunde und ergreift den Hirschfänger samt Gehänge, der an dem Hirschgeweih über dem Sofa befestigt ist. Sie verbirgt ihn und hält sich still im dunklen Vordergrund, bis Eduard, aus Hoffmanns Zimmer kommend, zur Mitteltür hinaus ist. Die Stimme des Bauern, immer deutlicher:* ***Dohie hä, biin iich nee a hibscher*** **Moan**? *Auf diese Laute, wie auf ein Signal hin, springt Helene auf und verschwindet ihrerseits in Hoffmanns Zimmer. Das Hauptzimmer ist leer, und man hört fortgesetzt die Stimme des Bauern:* Dohie hä, hoa iich nee die schinsten Zähne, hä? Hoa iich nee a hibsch Gittla? *Miele kommt durch die Mitteltür. Sie blickt suchend umher und ruft:* **Freilein Helene**! *und wieder:* **Freilein Helene**! *Dazwischen die Stimme des Bauern:* **'s Gald iis mei-ne**! *Jetzt ist Miele ohne weiteres Zögern in Hoffmanns Zimmer verschwunden, dessen Türe sie offenläßt. Im nächsten Augenblick stürzt sie heraus mit den Zeichen eines wahnsinnigen Schrecks; schreiend dreht sie sich zwei – drei Mal um sich selber, schreiend jagt sie durch die Mitteltür. Ihr ununterbrochenes Schreien, mit der Entfernung immer schwächer werdend, ist noch einige weitere Sekunden vernehmlich. Man hört nun die schwere Haustüre aufgehen und dröhnend ins Schloß fallen, das Schrittegeräusch des im Hausflur herumtaumelnden Bauern, schließlich seine rohe, näselnde, lallende Trinkerstimme ganz aus der Nähe durch den Raum gellen:* Dohie hä? Hoa iich nee a poar hibsche Tächter?